Le mur de l'Atlantique

Du même auteur

Femmes admirables, portraits acides, Presses universitaires de France, coll. Perspectives critiques, 2012.

Le Garçon, scènes de la vie provinciale, Serge Safran Éditeur, 2016.

Nécrologie du chat, Serge Safran Éditeur, 2019.

Olivia Resenterra

Le mur de l'Atlantique

Roman

éditions du
ROCHER

Éditions du Rocher
28, rue Comte-Félix-Gastaldi – BP 521 – 98015 Monaco

www.editionsdurocher.fr

ISBN : 978-2-268-10848-3
EAN Epub : 9782268108674

À mon frère, Jean-Christophe.
À ceux qui ont fait notre enfance.

« Victor Hugo dit :
Il faut que l'herbe pousse et que les enfants meurent.
Moi je dis que la loi cruelle de l'art est que les êtres meurent et que nous-mêmes mourions en épuisant toutes les souffrances, pour que pousse l'herbe non de l'oubli mais de la vie éternelle, l'herbe drue des œuvres fécondes, sur laquelle les générations viendront faire gaiement, sans souci de ceux qui dorment en dessous, leur déjeuner sur l'herbe. »

Marcel Proust, *Le Temps retrouvé*

« Io sono una forza del Passato.
Solo nella tradizione è il mio amore.
Vengo dai ruderi, dalle chiese,
dalle pale d'altare, dai borghi
abbandonati sugli Appennini o le Prealpi,
dove sono vissuti i fratelli. »

Pier Paolo Pasolini,
Poesia in forma di rosa, 1964

I

Salpêtre

Le pied à peine posé sur le quai de la gare de Surgères, je sens le soleil s'abattre sur le sommet de mon crâne comme un casque chauffé à blanc. Autour de nous, le vrombissement des insectes tapis dans la paille et la poussière semble vouloir faire concurrence à la soufflerie du TGV, et les mauvaises herbes qui crèvent le goudron sont grises à force d'être sèches. Un coup d'œil de l'autre côté des voies me confirme que les vieux tags sur les murs des hangars abandonnés s'effacent toujours plus chaque année. À l'abri des toitures, juchées sur les poutrelles, des couples de tourterelles somnolent, vacillantes. C'est la fin du mois d'août : la terre s'effrite dans les champs et les moissons, cette année encore, sont en avance.

Je reconnais la silhouette de mon père fendant le flux des voyageurs et des bagages qui se déversent des wagons.

— *Welcome to France!*

D'une main, il soulève son chapeau pour me saluer, tandis que de l'autre il fait signe vers ma valise pour m'en débarrasser. Comme à son habitude (un jeu entre lui et moi), il force sur le « r » de « France », transformant celui-ci en un son étrange et rocailleux, certainement plus proche de la gutturalité allemande que du *swing* anglais. Un peu plus loin, se tenant en retrait, j'aperçois ma mère qui nous attend, sa chienne couchée à ses pieds. À mon approche, elle ouvre grand les bras. La chienne se lève péniblement, bâille, tire sur la laisse et regarde ailleurs. Tout cela – les retrouvailles, les embrassades – l'indiffère au plus haut point.

Sur le parvis de la gare, des petits groupes épars de garçons et de filles en tenues estivales et de jeunes militaires aux crânes rasés en provenance de Saint-Pierre-des-Corps, les épaules chargées de lourds sacs en toile, attendent leurs chauffeurs penchés au-dessus de leurs téléphones portables. Le parking des arrêts « minute » est occupé par d'autres parents venus accueillir leurs enfants, chargeant à la va-vite des bagages dans les coffres de leurs voitures, tandis que d'autres chiens, les pattes appuyées sur la plage arrière, fêtent bruyamment les nouveaux arrivés. Nous marchons en direction de la voiture garée en contrebas, faisant cahoter les roues de la valise sur les graviers.

— Le parking a été agrandi, fais-je remarquer.

— Ce qui n'empêche pas les gens de se garer n'importe comment, glisse mon père d'un air entendu.

Nous quittons les lieux alors que les derniers voyageurs se sont assis sur les marches de la gare pour attendre le bus qui les mènera en ville.

Le soir, au moment de l'apéritif, après avoir échangé les dernières nouvelles de Londres et du gouvernement Macron, mes parents m'apprennent que le compromis de vente de la maison de famille de mon père a été signé. Depuis la mort de ma grand-mère, la Nonna, survenue il y a trois ans, elle n'est plus habitée – à l'exception d'un mois pendant l'été, lorsque ma tante et ma cousine d'Italie viennent y passer leurs vacances. Je savais qu'un acheteur sérieux s'était présenté quelque temps auparavant et que l'opération était en bonne voie, mais suspendue toutefois à l'autorisation des services du patrimoine locaux qui devaient décider à quelle condition le futur acquéreur, fortement motivé par la proximité de l'océan, pouvait percer le mur extérieur de la grange afin d'y ranger son bateau. La présence de la fontaine royale et du petit fort Lupin situés sur les bords de la Charente à seulement trois kilomètres a bien failli avoir raison de cette vente. Tandis que je sirote mon verre de pineau et que ma mère s'active dans la cuisine, mon père, tout en débarrassant la table des apéritifs, me demande si je voudrais aller voir la maison durant mon séjour. Ce n'est pas la peine de préciser que ce sera sûrement la dernière occasion. De mon côté, je fais comme si cette visite était tout à fait banale. J'acquiesce et nous nous mettons d'accord sur le meilleur moment pour nous y rendre.

— Mercredi matin ?

— Oui, mercredi matin, ce sera bien. En une semaine, je n'aurai certainement pas le temps de tout faire.

Puis nous passons à table et n'abordons plus le sujet.

Deux jours plus tard, je suis en voiture avec mon père. Combien de fois nos parents nous ont-ils conduits sur cette route, mon frère et moi, pour nous emmener dormir chez la Nonna ? Nous y restions le mardi soir puis la journée du mercredi – le jour où nous n'avions pas école. Sans parler des invitations aux repas dominicaux dont nous sortions toujours la tête et le ventre lourds, suivis, généralement, d'une promenade digestive à la petite station balnéaire voisine de Port-des-Barques.

Dans la voiture, tandis que nous suivons de loin en loin les courbes de la Charente, traversons la commune d'Échillais dont la périphérie s'orne désormais de zones de lotissements flambant neufs, puis après avoir laissé sur notre droite le pont reliant les deux rives du fleuve, la petite ville de Soubise dont l'ancien restaurant gastronomique accueillait, disait-on, François Mitterrand quand il était de visite dans la région, je m'interroge : outre les travaux de la grange, quels sont les projets du nouveau propriétaire de la maison ? Va-t-il aménager l'étable et la laiterie ? Raser le poulailler ? Transformer les jardins ?

Nous voici bientôt arrivés à Saint-Nazaire : nous dépassons la poste, l'église et le petit cimetière, pour prendre la rue de Lupin qui dessine une pente à la sortie du village. Sur le bas-côté de la route, la Vierge Marie, dans sa niche immaculée, tient toujours l'Enfant Jésus serré contre elle. Une centaine de mètres plus loin, au numéro 21, la maison de la Nonna dessine un angle avec la petite route nommée « chemin du Péré ». Alors que mon père ralentit pour y engager la voiture, je me souviens que cette opération – se garer contre la grange –, lorsque nous étions enfants, faisait l'objet de savantes manœuvres. Il s'agissait tout d'abord pour le conducteur de s'enfoncer de quelques mètres sur ce chemin qui sépare la bâtisse du verger afin de revenir en marche arrière – et sans aucune visibilité – sur la route communale, pour ensuite tenter de ranger la voiture le plus près possible du mur, tout en veillant à ne pas obstruer l'entrée du garage (occupé par la vieille Renault de ma tante), ni emporter sur son passage les branches du gigantesque chèvrefeuille pris dans les moellons de la façade dont le pinacle s'ornait d'un mystérieux cœur sculpté.

Une fois la voiture garée, nous faisons coulisser la porte du garage et rejoignons dans une semi-obscurité imprégnée des odeurs de mousse et d'huile de moteur la seconde porte qui s'ouvre sur la cour.

Longtemps cette cour a été notre unique terrain de jeu. Nous n'en sortions seuls que pour promener Bobby, le chien de la Nonna, remplacer les fleurs fanées au pied de la statue de la Vierge Marie à la sortie du village, ou bien porter quelque commission chez une voisine. C'est sur sa demeure que donnent toutes les fenêtres de la maison, y compris celles du grenier. Au centre, le Nonno y avait planté deux sapins – gigantesques à nos yeux –, ainsi que des massifs de fleurs et des arbustes, parmi lesquels des lilas et des lauriers. En ouvrant la porte du garage, je remarque immédiatement que les sapins ont disparu – abattus pour cause de maladie, m'explique mon père. Il n'y a jamais eu de pelouse – l'herbe poussait surtout à l'ombre des arbres, et la terre, en été, y était d'un jaune crayeux qui éblouissait sous le soleil de midi. Il suffisait de la creuser un peu pour découvrir de minuscules coquillages et des fragments d'huîtres nous rappelant que l'océan se trouvait seulement à quelques kilomètres de là, au bout des marais. Jouxtant la réserve où étaient entreposés le bois de chauffage, une antique meule de rémouleur et des pièces détachées d'outils énigmatiques ayant appartenu à notre grand-père, un semblant de rocaille accueillait un minuscule chemin pavé ainsi qu'un petit banc de pierre blanche, le tout cerné de buissons rampants et de rosiers. Un autre banc confectionné à partir de rondins de bois était également installé sous l'un des sapins. Un peu partout dans le jardin étaient disposés d'anciens chaudrons aux fonds rouillés et effrités garnis de géraniums.

Nous empruntons le petit trottoir de ciment devenu rose orangé avec les années qui court le long de la maison. Il y a toujours ces petites baies, semblables à de minuscules fraises sauvages, nichées entre les bordures et le sol, d'où s'extirpent également les jours d'orage des colonnes de fourmis. Les fenêtres de la maison sont basses et leurs rebords larges. Il n'était pas rare que les membres de la famille s'y asseyent pour prendre le soleil ou discuter avec quelqu'un demeuré à l'intérieur. De la fenêtre de la salle à manger, en particulier, la Nonna nous observait jouer ou bien nous appelait pour nous prévenir que le déjeuner était prêt. À l'extrémité du jardin, à côté de l'entrée du puits, se trouve toujours cette table aux dimensions extraordinaires dont j'ai appris très tardivement qu'il s'agissait à l'origine d'une dalle funéraire en granito fabriquée par le Nonno et qui n'avait pas trouvé preneur. Transformée en plateau, munie de pieds qui n'ont jamais été proprement enfoncés dans le sol, elle est demeurée ainsi depuis tout ce temps, anormalement haute et massive. Elle est ornée de pots de fleurs, et ce soin, loin de lui apporter un semblant de normalité, souligne davantage son incongruité.

Nous faisions nôtres les autres curiosités de ce jardin, comme la pompe à eau située sous la fenêtre de la salle de douche au fond de laquelle, l'été, des reinettes d'un vert luisant s'accroupissaient pour prendre le frais, ou le prénom de notre oncle tracé à la peinture noire au-dessus de l'entrée de la remise et qui n'apparaissait qu'en hiver quand les feuilles de la vigne vierge étaient tombées, ou bien encore les fragments de fossiles en forme de nautiles jugés un jour dignes d'attention, puis empilés sous les arbres comme des talismans devenus trop lourds. Chaque mercredi que nous y passions, nous reliions, délimitions, consignions ses recoins laissés en friche dont l'usage premier nous échappait, ses niches ombragées et ses minuscules impasses bordées de buis aux faux airs de labyrinthe. Nous est-il un jour venu à l'esprit que d'autres enfants – nos aînés – avaient pu y jouer avant nous ?

Un volet de sécurité en bois protège le seuil de la maison et sa porte vitrée. Une fois passé ce premier sas, nous pénétrons dans le hall d'entrée dont le sol a été réalisé en *granito*, tout comme la « table » géante de la cour. C'est également le cas du sol des toilettes, de l'évier de la cuisine, ou même celui de l'ancienne laiterie : tous portent la marque de ce savoir-faire propre aux ouvriers terrassiers du Frioul auquel a été formé le Nonno. Les dessins sont simples, les pierres utilisées modestes – sans doute des débris de matériaux ayant servi pour d'autres travaux, loin des éclats de marbre et des motifs délicats que l'on retrouve dans les luxueux palais vénitiens. Je ne saurais dire si je trouve ce *granito* beau, mais il m'a toujours intriguée : il y a quelque chose d'extravagant en lui, qui jure avec la rusticité de la maison et la manière dont elle a été restaurée. Principalement avec les moyens du bord et peu, surtout, peu d'argent. En outre, j'ai toujours associé cette surface sur laquelle mon regard ne parvient pas à se reposer avec celle d'un fond marin, vaguement inquiétant, à l'immobilité trompeuse. Un rapprochement sans doute accentué par le fait que ces sols de *granito* ont toujours été frais sous nos pieds et que, après quarante ans d'allées et venues, ils se sont creusés, devenus irréguliers, révélant par endroits la granulosité du sable qui a servi à leur fabrication.

Le petit hall d'entrée distribue les deux parties de la maison : en face, les toilettes et leur imposant bidet, à gauche, les chambres et la salle de douche, à droite, la cuisine et l'arrière-cuisine ouvertes sur la salle à manger, ainsi que la petite pièce attenante qui servait parfois de chambre d'amis. Quand j'étais enfant, une grande peinture à l'huile représentant des vaches au pâturage était accrochée dans ce hall. Elle me semblait étrange dans cette maison, où les reproductions d'images pieuses et les travaux d'aiguille avaient plus droit de cité, en matière de décoration, que les tableaux. On disait que c'était l'œuvre d'un cousin *artiste* italien. Peut-être était-ce là l'unique raison de sa présence : un cadeau de la famille… Désormais, le petit hall est nu. Des cloques éparses le long des murs révèlent la prolifération du salpêtre qui fait se boursoufler et éclater la peinture blanche d'une simple pression du doigt.

Nous pénétrons dans la salle à manger, ouvrons les volets. L'intérieur de la maison, frappé par la lumière blanche de ce matin d'été, nous apparaît vide, entièrement lessivé. Sous mes pieds, le carrelage, anciennement lie de vin, est terne, ébréché, là où les pieds des meubles ont pesé : le poêle à bois, la gazinière, le grand vaisselier en bois de sapin, la table de couture Singer, la banquette sur laquelle la Nonna s'allongeait après les informations de treize heures pour « se reposer les yeux »... C'est sur cette même banquette que nous prenions place avec mon frère pour regarder la télévision, située dans l'angle de la pièce. Nous finissions immanquablement par nous chamailler pour savoir qui aurait droit à l'accoudoir. Je crois même qu'un jour, nous avons fini par le casser.

Quand nous nous disputions et que, les mâchoires serrées, le front buté, nous en venions aux mains, alternant empoignades et coups de pied désordonnés, la Nonna nous séparait en se lamentant que « Dieu, il n'était pas possible de se battre comme ça entre frère et sœur ! » Sa voix au fort accent italien, conservé intact malgré ses quarante années de vie en France, prenait alors des accents tragiques qui nous donnaient l'impression d'être au cœur d'un opéra de Verdi.

Je vais d'une pièce à l'autre presque sur la pointe des pieds, comme si des malades s'y trouvaient alités et que je ne voulais surtout pas les réveiller. Tout me semble rapetissé. Je pénètre dans l'étroite chambre d'amis accolée à la salle à manger où nous jouions les après-midi d'hiver, le dessous d'une table faisant office de frontière magique entre le monde réel et cet autre, inversé, dans lequel parfois il ne valait mieux pas s'attarder. C'est ici aussi que nous courions nous cacher quand la Nonna recevait des visiteurs et que nous ne voulions pas leur faire la conversation – des veuves, le plus souvent, qui s'ennuyaient chez elles et venaient boire le café à l'italienne chez *Madame Tino*, comme on se plaisait à appeler ma grand-mère dans le village. Le lieu possédait également une seconde porte masquée par un lourd rideau qui communiquait directement avec la cave et l'escalier menant au grenier – quand nous y pensions, quelle frayeur !

De l'autre côté du hall d'entrée, je pousse la porte qui donne accès aux chambres et à la salle de douche. Dans la chambre de la Nonna, plus aucune trace du grand lit en bois dans lequel je dormais avec elle, ni du crucifix garni d'un rameau d'olivier placé à sa tête, ni de la banquette d'appoint où couchait mon frère, bordé jusqu'au menton comme s'il risquait de chavirer en pleine mer. Pas de trace non plus de la petite coiffeuse dont le plateau exposait des boîtes à bijoux renfermant de vieilles broches, des rosaires aux perles usées, des pampilles de verre transparent tombées du vieux lustre. Sous mes pieds, le linoléum, imitant les lattes d'un parquet en chêne, se décolle. Les carreaux de la salle de douche me frappent par leur blancheur d'hôpital, et je suis surprise de retrouver, toujours à la même place près du miroir, l'image autocollante de ce personnage tiré des albums de *Lucky Luke*, tenant un chapeau haut de forme entre ses mains et vêtu d'un costume à queue-de-pie. Son teint jaunâtre et la tranquille obstination que je lisais dans son sourire et ses épaules voûtées ne manquaient pas de m'intriguer lorsque je me brossais les dents au moment du coucher. À présent, je sais que l'homme est un croque-mort et qu'il ne se sépare jamais de son mètre pour prendre les mesures de ses futurs clients.

Je finis par tourner en rond dans la maison. Au bout d'un moment, mon père me demande si *j'ai vu ce que je voulais voir*. J'acquiesce, même si, en réalité, je ne sais même pas ce que je suis venue voir ni ce que je suis venue chercher. Sans un mot, nous refermons les volets, puis les portes, les unes après les autres, derrière nous.

Avant de repartir, mon père veut profiter de cette visite pour aller faire un tour *au jardin.* Ce mot « jardin » a toujours désigné un lopin de terre servant de potager et de verger séparé du reste de la maison par le chemin du Péré. Ce petit terrain n'est pas vendu : il restera la possession de ma plus jeune tante qui habite en France d'outre-mer, et mon père continuera de le cultiver. Comme avant.

Pour y accéder, lorsque nous étions enfants, il fallait, depuis la cour principale, pousser une première porte qui donnait notamment accès à l'escalier du grenier, traverser une pièce caverneuse éclairée d'une faible ampoule dont les sombres recoins cachaient des garde-manger remplis de bocaux, puis franchir le seuil de la laiterie, avec sa vieille trayeuse accrochée au-dessus de l'évier, ses multiples portes auxquelles pendaient des vêtements de travail, son odeur de foin humide qui persistait malgré la disparition des dernières vaches des années auparavant, ses légumes et ses fruits couchés sur des feuilles de papier journal et qui finissaient mystérieusement de mûrir à l'abri du soleil, les tas de bottes en caoutchouc et de sabots en plastique de toutes tailles entreposés contre les murs. Un coup d'œil vers la porte entrebâillée de l'ancienne étable permettait d'apercevoir les mangeoires désormais vides et les clapiers des lapins qui leur faisaient face. Parfois, lorsqu'on leur apportait des épluchures, on pouvait distinguer derrière les portes grillagées leurs formes tremblantes couchées dans la paille, et, au milieu de la fourrure, l'éclat fixe d'un œil à la pupille immense.

Une fois dans la laiterie, il fallait encore actionner la clenche de la porte qui donnait sur le chemin du Péré et contre laquelle, à l'extérieur, pendait le sac pour le pain accompagné d'une note écrite, destinée au boulanger qui faisait sa tournée en camionnette. Le trottoir étant mince, nous avions l'ordre de toujours faire très attention en traversant pour rejoindre le jardin. Nous avions du mal à comprendre pourquoi cette bande de goudron et de graviers mal entretenue sur laquelle les voitures de la famille opéraient leurs marches arrière n'appartenait pas à la maison, et nous restions toujours un peu estomaqués de constater qu'elle pouvait être empruntée par des véhicules étrangers. Pire : que des gens puissent habiter au bout de ce même chemin.

De l'autre côté, le petit portail s'ouvre directement sur les rangs de légumes aujourd'hui encore cultivés par mon père. Laitues, petits pois, carottes, pommes de terre et oignons se succèdent jusqu'au fond du terrain, avant de céder la place, à fleur de sol, aux formes bosselées des courges et des potirons poussant dans la plus grande anarchie et sur lesquels semblent veiller, dressées au-dessus de leurs longues tiges, des artichauts aux têtes énormes, semblables à des animaux inquiets et fabuleux. À droite, le long du grillage, sont plantés les fraisiers et d'anciens pieds de vigne qui donnent un muscat au grain serré, bleuis par les vaporisations de la bouillie bordelaise. À gauche, parmi les herbes hautes, les pommiers forment deux files successives, masquant les ruches de notre père. Jouxtant l'ancienne marre désormais asséchée, viennent les mirabelliers. Enfin, adossé au mur de pierres, se dresse un grand figuier dont les fruits, à la fin de l'été, éventrés par les oiseaux, vibrent et bourdonnent sous l'attaque des guêpes. L'arbre a toujours été généreux. Trop. Submergée par les récoltes, la Nonna faisait des bocaux de ce qu'elle nommait « confiture » mais qui ressemblait plus à des conserves de fruits confits dans leur propre sucre. Certains de ces bocaux, au moment de tirer sur la languette de caoutchouc pour l'ouverture, émettaient un sifflement qui n'indiquait rien de bon. Un je-ne-sais-quoi de piquant sur le bout de la langue venait souvent confirmer la date désormais illisible sur l'étiquette. Dans la famille, on ne jetait rien. Ou alors en dernier recours, quand on n'avait pas le choix.

Au jardin, on nous confiait parfois quelques rangs de légumes à arroser, les fraises et les tomates à ramasser, mais le plus souvent, nous étions parfaitement inutiles et encombrants. Et nous l'étions bien davantage quand notre père avait décidé d'y brûler les tas d'herbes sèches et de bois mort. On nous chassait. « Rentrez ! » Il fallait alors faire le chemin inverse, retraverser la petite route, la laiterie… À moins de choisir de rejoindre la maison en empruntant le grand portail qui se trouvait à l'autre extrémité de la ferme – celui qu'empruntaient les bêtes pour retourner à l'étable.

De ce côté-là, une grande partie du terrain avait été cimentée pour éviter l'accumulation de boue sous le piétinement des vaches. Courant contre la façade, des marches conduisaient directement à une porte en bois sans poignée – l'un des deux accès au grenier, à présent condamné, et qui se situait juste au-dessus de la chambre de la Nonna. Quand nous restions dormir, mon frère et moi, l'oreille tendue vers le plafond, suivions les va-et-vient des souris et des rats, le bruit de leur course semblable à des poignées de graines jetées du haut d'un escalier. Nous les imaginions parmi les vieux meubles démontés, les valises et les jouets des autres enfants devenus adultes, les chaises du Nonno en partie rempaillées. Parfois, nous percevions aussi des bruits plus sourds, comme des corps qui chutent ou s'abattent. Un chat ? Une chouette ? À voix haute, nous évoquions toutes les possibilités. Un grand silence s'installait ensuite qui ne nous livrait rien de plus sur ce qui se tramait là-haut. Nous gardions alors les yeux fixés au plafond de la chambre balayée par les ombres rougeoyantes du poêle à mazout.

Ce lieu de passage qui mérite à peine le nom de jardin tant il est hétéroclite et embroussaillé, possède également un figuier, plus petit que celui du verger : il a toujours été notre préféré. Ses fruits nous paraissaient plus savoureux, plus charnus, mais peut-être était-ce dû à la facilité avec laquelle nous y avions accès. Un peu en retrait, des tilleuls à l'air insignifiant la plus grande partie de l'année distillent au printemps jusque dans la fraîcheur du soir leur parfum miellé, légèrement entêtant. Les fleurs récoltées avec le même soin que les fruits et les légumes servaient à préparer les infusions bues religieusement tous les soirs de l'année à la grande table de la salle à manger. Sur l'autre longueur du terrain, parallèlement au mur de pierres qui borde le chemin du Péré, un simple grillage signale la présence de l'ancien poulailler, lieu dont nous nous tenions le plus possible à l'écart. Aujourd'hui, l'ancien nichoir et le sol sont envahis par des orties aussi hautes que des arbustes.

Mon seul souvenir de contact direct avec les poules remonte à mes sept ou huit ans. Un matin, la Nonna me demande d'aller seule récolter les œufs frais du jour. Elle se tient devant l'évier de la cuisine. Ses mains sont encore humides de la vaisselle qu'elle vient de terminer. Elle me tend une brique de lait dont elle a découpé la partie supérieure, débordante d'épluchures de légumes, de trognons de salade et de coquilles d'œuf. Je me tourne vers mon frère assis sur la banquette. Il est absorbé par ce qui se passe à la télévision. Ses petites jambes tendues devant lui dépassent à peine du coussin, ses chaussons en feutrine bleue reposant l'un sur l'autre. Il est évident que j'irai seule. Tandis que je me dirige vers le poulailler, le carton de lait à la main, je m'interroge sur la présence des coquilles d'œuf au milieu des épluchures. Les poules mangent-elles réellement les coquilles de leurs propres œufs ? Cela m'inspire quelque chose de vaguement monstrueux... Je passe la petite parcelle plantée de buissons d'herbes aromatiques et de salades, traversée sur toute sa longueur de fils pour faire sécher le linge, et me voici devant l'entrée du poulailler. De l'autre côté, le sol est jonché de fientes et de coquilles d'huître dont l'émail laiteux tranche sur le noir de la terre. Malgré cela, il porte toujours les traces des dents du râteau que la Nonna passe régulièrement. Rien n'est plus contraire à ce sol que l'idée de saleté. À mon approche, les poules s'écartent du grillage en caquetant. Certaines battent des ailes, d'autres continuent de gratter la terre, tout en penchant la tête sur le côté pour mieux m'observer. Je fais de même. Ce que je vois ne me plaît pas : ce mouvement du cou, ces pattes en suspens, écaillées et griffues, cet œil rond, inquisiteur, bordé d'écarlate... Je reste longtemps devant le portail : la distance qui me sépare de la maisonnette où couvent les poules me semble infinie. Une terreur grandit en moi, sourde et fataliste. Je jette un coup d'œil à mes pieds : la Nonna a insisté pour que je porte des bottes en caoutchouc. Il doit y avoir une raison. Je pose une main sur le loquet, guette le moment où le chemin jusqu'au nichoir sera totalement dégagé.

À peine ai-je franchi le portail que les poules sont prises de panique. Elles caquettent de plus belle, courent en tous sens, se rassemblent dans un coin du poulailler, puis se dispersent à nouveau, en se bousculant. Leur panique est communicative. Mais peut-être sont-elles plus courageuses qu'elles en ont l'air ? Peut-être vont-elles comprendre que j'ai peur moi aussi et, profitant de leur nombre, se précipiter sur moi pour me becqueter, transpercer mes bottes en caoutchouc, me faire tomber au milieu des coquilles d'huître ? Je me vois terrassée par une armée de becs, de serres et de crêtes courroucées... J'ai alors ce geste désespéré : je renverse le contenu du carton de lait sur le sol, et, tandis que les poules se précipitent sur le tas d'épluchures, je cours me réfugier dans le nichoir. Il y fait sombre. Je tâtonne. Là, à peine dissimulés sous la paille, reposent quatre œufs encore tièdes de la couvée. Je m'en saisis et ressors aussi vite que je suis entrée tandis que les poules sont toujours occupées à fouiller, ratisser le tas d'épluchures. Elles semblent m'avoir oubliée et gloussent de volupté. Je traverse le poulailler, retenant d'une main les œufs contre mon ventre, actionne le loquet du portail, puis le referme brutalement derrière moi. Mon cœur bat à tout rompre. J'ai le sentiment d'avoir échappé au pire. De retour dans la cuisine, je montre les œufs à ma grand-mère. Elle secoue la tête, mi-agacée, mi-amusée :

— Mais qu'est-ce que tu m'as apporté là ?

Je baisse les yeux vers ma récolte. L'un des œufs est étrange – je le remarque seulement à ce moment-là : terne, grisâtre, légèrement plus gros que les autres, écalé par endroits. Il est également plus lourd. C'est un œuf en plâtre, un leurre qui indique aux poules ce qu'elles doivent faire : pondre, et au bon endroit.

Je ne me rappelle pas être retournée au poulailler à la suite de cet épisode. Pas même pour remettre l'œuf en plâtre à sa place. Quant à mon frère, je suis à peu près certaine qu'il n'y a jamais mis les pieds. La présence des poules au bout du jardin est une évidence que nous choisissons d'ignorer. Et puis vient le jour où nous comprenons qu'il n'y a plus aucune poule derrière le grillage et nous sommes incapables de dire si elles ont disparu progressivement, les unes après les autres, ou bien d'un seul coup, toutes ensemble, comme frappées d'une étrange maladie. L'endroit est simplement vide. Faisons-nous le lien entre leur absence et les volailles rôties au four que nous avons été invités à venir manger chez la Nonna les dimanches midi ?

Excepté les chats et les chiens, les vaches, lapins et poules se sont évanouis les uns après les autres à mesure que la Nonna vieillissait et qu'elle n'était plus en mesure de s'en occuper seule. Nous n'avons connu ni les chiens Lolly et Fizou, qui figuraient en bonne place sur les portraits de famille, ni le chat blanc qui aimait s'asseoir dans le panier à salade, mais tous les mercredis, au Péré, nous avons côtoyé Bobby, le petit bâtard aux faux airs de loulou de Poméranie. À peine avions-nous posé un pied dans la cour qu'il se précipitait sur nous, excité et gémissant, refusant de nous laisser en paix tant que nous ne l'avions pas gratifié d'une caresse. Il s'agissait de lui « faire un compliment », selon la formule de la Nonna.

C'était une punition de sortir Bobby sur la route communale pour lui faire faire ses besoins.

J'insistais pour que mon frère m'accompagne dans cette corvée : je ne voyais pas pourquoi je devais être seule à vivre cette humiliation de rester immobile aux côtés de Bobby, le corps secoué de spasmes, accroupi dans les fossés. Pour le reste, c'était un chien glouton qui ne quittait pas la Nonna d'une semelle, sauf pour traverser la cour en trombe au moindre signe de visite, glisser sa tête entre les barreaux du portail et aboyer rageusement après les passants. Lorsqu'il dormait, Bobby s'allongeait systématiquement sur nos pieds. C'était bien dans ce tendre abandon non partagé et la sensation de ces longs poils collés contre nos chevilles nues qu'il nous embarrassait le plus.

Il y a eu également quelques chats de passage, venus tout droit des marais, qui, après avoir uniquement eu accès au grenier pour accomplir leur devoir de chasseurs, passaient l'hiver blottis dans le panier que la Nonna avait fini, de guerre lasse, par installer dans la salle à manger, sur l'ancienne table de la machine à coudre Singer transformée en guéridon. Leur fourrure s'étoffait, ils prenaient de l'embonpoint, on aurait pu les prendre pour de placides chats domestiques, clignant des yeux dans les rayons du soleil, observant dans un demi-sommeil la cour derrière les fenêtres constellées de givre. Au printemps suivant, ils finissaient immanquablement par disparaître.

Nous restons silencieux une grande partie du trajet du retour. Soudain, comme s'il reprenait le fil d'une conversation que nous aurions commencée ensemble, mon père me dit, tout en fixant la route en face de lui :

— C'est mieux comme ça.

— Qu'est-ce qui est mieux comme ça ?

— Que la maison soit vendue. Qu'elle ait une seconde vie en quelque sorte.

Il pousse un soupir et soulève l'une de ces mains du volant en un geste d'impuissance.

— C'est triste une maison qui n'est plus habitée, ajoute-t-il. Il vaut mieux qu'elle soit vendue plutôt qu'elle tombe en ruines, non ?

À nouveau le silence dans la voiture. Je n'ai pas besoin de lui demander s'il se sent triste. J'observe par la fenêtre les champs, les fossés, les monuments aux morts des petits bourgs et les anciennes devantures de boucherie où flottent des lambeaux de rideaux ternes, séparés de la route par quelques centimètres de trottoir. Au nouveau supermarché construit à la sortie de Soubise, nous nous arrêtons pour faire le plein d'essence. Mon père prend alors un air jovial pour changer de sujet :

— On doit acheter le pain pour le déjeuner ?

Pendant qu'il remplit le réservoir de la voiture, je repense à la cour privée de ses sapins, au linoléum décollé, aux alcôves qui ne cachent plus aucun secret et dont le papier peint se détache comme la peau sur les os. Avant la ruine, la noble ruine, la blancheur lisse des fossiles, il y a la décrépitude, ce processus patient et dérisoire qui ne laisse aucun doute sur son issu, qui, malgré tous nos efforts de lessivage, mêle la moisissure pulvérulente aux souvenirs. Lorsque mon père revient dans la voiture, je lui demande pourquoi, malgré tous les traitements, le salpêtre n'a jamais vraiment disparu de chez la Nonna. Commence alors une explication où l'ancien militaire me parle pêle-mêle de chimie, de capillarité et de poudre à canon.

— Que vient faire la poudre à canon, là-dedans ?

— La molécule du salpêtre est le nitrate de potassium qui, mélangé à d'autres composants, comme le charbon de bois ou le soufre, devient explosif. Autrefois, il était récolté sur les pierres et les murs humides spécifiquement pour cet usage. Et pour répondre à ta question, conclut-il, si le salpêtre refait régulièrement son apparition sur les murs de la maison du Péré, c'est la faute des marécages sur lesquels elle a été construite. L'humidité sera toujours présente dans le sol.

— Quoi que l'on fasse ?

— Quoi que l'on fasse, oui : cette maison appartient aux marais.

II

Naturalisation

Enfant, il m'arrivait d'aller chercher les albums de famille rangés dans le petit meuble vitré de la chambre d'amis. C'était souvent le mardi soir après dîner : la Nonna tricotait assise sur sa chaise devant la grande table de la salle à manger, mon frère, confortablement enveloppé dans les pans de sa robe de chambre, lisait une bande dessinée... J'ouvrais les albums. Les photographies, dont les coins étaient fixés dans des petits triangles de plastique autocollants, semblaient disposées sur les pages sans réelle logique. Certaines étaient même simplement glissées dans des enveloppes, elles-mêmes regroupées à la fin de l'album, comme si elles avaient été *en trop*. Je les étalais sur la toile cirée, dans le halo orangé de la lampe, et tentais de former des ensembles logiques en fonction des dates inscrites au dos de certaines d'entre elles, des personnes ou des lieux que je reconnaissais. La Nonna répondait vaguement à mes questions. Toutes les personnes qui figuraient sur les clichés ne m'étaient pas familières ; pour la Nonna, non plus. Parfois, une scène ou bien un portrait la faisait rire. Elle mettait alors sa main devant sa bouche, comme pour ne pas paraître impolie, et ses épaules s'agitaient en silence.

À sa mort, les albums ont été répartis entre ses enfants. Mon père possède ainsi un exemplaire relié en cuir vert de forme carrée dont le pourtour s'orne d'un liseré doré. Le soir même de la visite au Péré, je me mets en tête de le chercher et le retrouve dans le petit bureau de mes parents, discrètement rangé sur une étagère au milieu de porte-documents. La couleur fanée de son dos n'attire pas spécialement l'œil. Lorsque je l'ouvre, je lis sur la page de garde une inscription au stylo bleu indiquant que l'album est la possession de Giacomina Sommariva Resenterra et qu'il lui a été offert par Anita pour les fêtes de Noël de 1969. L'écriture est petite, serrée, sans fioriture – indéniablement féminine cependant : celle d'une jeune fille consciencieuse. Sur la première page, parmi d'autres clichés maladroits et mal cadrés, figure une photographie de mon père. Âgé d'une vingtaine d'années, tout de blanc vêtu, à l'exception d'une cravate glissée autour de son cou ainsi que d'une fine ceinture, toutes deux de couleur noire, il fait mine de souffler dans un clairon. Je reconnais derrière lui la maison du Péré – plus exactement l'angle que forment le bâtiment du garage au toit incliné et celui de la cave menant à la laiterie. Les portes grandes ouvertes découpent deux rectangles noirs sur la surface blanche, presque aveuglante, des murs. Elles ressemblent à des sentinelles austères postées devant l'entrée d'un temple ou d'un tombeau.

Avant d'emménager dans la maison, mes grands-parents ont vécu à moins d'un kilomètre de là, au lieu-dit de Mourière, hébergés dans la ferme des patrons de mon grand-père, de gros propriétaires terriens de la région. Nous sommes dans les années cinquante, Valentino, connu dans les environs comme *Monsieur Tino*, est alors employé comme ouvrier agricole, chargé en particulier des travaux de maçonnerie de la ferme. Parfois il est commissionné par des clients extérieurs pour des réalisations en *granito*. Il réalise ainsi la réfection du sol de l'un des cinémas de la ville de Rochefort, ou bien fabrique des dalles funéraires pour le cimetière de Saint-Nazaire. Giacomina, quant à elle, s'occupe de leurs quatre enfants, de l'entretien du foyer et des animaux : les lapins, poules, chèvres et vaches qui, en plus du potager, permettent de nourrir la famille convenablement. Elle vend également le lait de ses vaches à une coopérative agricole des environs – un complément au modeste salaire de Valentino.

En plus des journaliers appelés en main-d'œuvre supplémentaire pendant les travaux de saison, comme les moissons ou les fenaisons, les patrons emploient de manière permanente un autre ouvrier agricole prénommé Vincent. C'est un enfant du coin qui a commencé à travailler très jeune à la ferme. Également logé sur place, il dort dans le grenier au milieu des sacs d'orge et d'avoine. Les propriétaires lui permettent de laver son linge dans les eaux usées de leur propre lessive, et, les jours où ils invitent leurs amis, il se voit également offrir les os des festins pour y prélever les restes de viande. Contrairement à mes grands-parents, mais comme beaucoup d'ouvriers agricoles de l'époque, Vincent ne sait ni lire ni écrire. L'un de ses plaisirs, les dimanches, est de conduire sa mobylette sur les routes de campagne. C'est ainsi qu'il trouve la mort sur l'île Madame le jour de la fête de Saint-Nazaire, à cause d'un filin en acier tendu en travers de la route par son patron pour dissuader les curieux de pénétrer sur ses terres. Lancée à pleine vitesse, la mobylette est pratiquement coupée en deux au contact du fil d'acier. Vincent, lui, est projeté dans les airs et vient heurter la route, la tête la première.

Pour les loger, on a fourni à mes grands-parents deux pièces communicantes qui servaient initialement de poulailler. Leur première enfant, Anita, est née en Italie, en 1947, et jusqu'à l'âge de trois ans et demi, la fillette a été confiée à sa grand-mère maternelle qui vit à Lamon, le village natal de Giacomina situé dans la province de Belluno. En 1950, celle-ci vient la chercher pour l'emmener vivre en France. Aujourd'hui encore, Anita se souvient de ce long voyage et des sièges en bois des trains qui l'emportent loin des montagnes du Veneto.

Valentino a rendu les deux pièces de Mourière habitables : il y a façonné un sol en *granito*, ainsi qu'un évier et une cheminée. Ancien rempailleur de chaises, il a également fabriqué des chaises et une table. Une arrivée de gaz et une cuisinière à bois complètent le foyer. Malgré ces aménagements, dans les souvenirs d'Anita, la salle principale du logis demeure une grande pièce froide. « Les premiers mois passés en France, je m'échappais souvent sur la route qui menait au village. Je voulais repartir chez ma grand-mère italienne », m'a un jour confié ma tante. À l'école, quand on lui parle en français, la fillette répond dans le dialecte de ses grands-parents, qui est également celui que ses parents parlent à la maison. Sans grande surprise, « spaghetti » et « ritale » font partie des surnoms que les autres écoliers lui donnent. Certains adultes ne sont pas non plus en reste. On l'appelle aussi la « bohémienne » car, tous les matins, sa mère secoue les couvertures et les draps des lits par la fenêtre pour les aérer et leur laisser prendre le soleil.

Même après la Seconde Guerre mondiale, dans l'imaginaire populaire, l'immigré italien reste encore fortement associé aux *girovaghi* des siècles précédents : des chanteurs ambulants, montreurs d'ours, colporteurs ou artisans itinérants... eux-mêmes tout naturellement apparentés aux gitans ou bohémiens. Cette assimilation demeurera toujours une crainte pour Giacomina qui, jusqu'à la fin de sa vie, dira d'elle-même, avec un ton excédé, lorsqu'elle se surprendra à être décoiffée ou que ses vêtements seront en désordre, qu'elle ressemble à une « romano », c'est-à-dire une romanichelle.

No Little Italy à Saint-Nazaire-sur-Charente. On est loin des grands foyers traditionnels d'immigration transalpine de la région parisienne, de Lorraine, de Meurthe-et-Moselle ou encore des Alpes-Maritimes. Avec une autre famille originaire du Frioul qui vit sur la place du village, mes grands-parents sont les seuls Italiens du canton. Entre les deux guerres mondiales, les immigrés italiens arrivés dans la région se sont surtout concentrés à Crazannes, en Saintonge, où la société Fèvre qui exploite les carrières les emploie comme extracteurs de pierre, ou bien à Royan où ils sont recrutés comme maçons – ce qui a été le cas de Valentino avant la Seconde Guerre mondiale. Cependant, ils demeurent nettement moins nombreux que dans le reste du sud-ouest, notamment le Gers, le Lot et le Lot-et-Garonne, où leur installation a permis d'enrayer la désertification due à l'exode rural et à l'hécatombe de la Première Guerre mondiale. Quant aux autres nationalités d'immigrés, elles semblent se limiter à quelques Portugais qui ont fui le régime de Salazar et qui se sont installés à Port-des-Barques, la petite ville portuaire voisine. Une année, l'un de ces réfugiés, arrivé, dit-on, à la nage et gravement malade d'une otite, est soigné par Giacomina. Il dort avec Vincent dans le grenier et reste quelque temps à la ferme. L'homme ne parle pas le français, mais lui et mes grands-parents parviennent tout de même à se comprendre. Il montre aux enfants des photographies de sa famille demeurée au Portugal : deux femmes, l'une encore jeune, l'autre qui semble très âgée, et des enfants, sensiblement du même âge qu'eux, qui posent devant leur maison. Ceux-ci ont des visages farouches, des fronts butés et des yeux noirs qui semblent ne jamais ciller. Un jour, l'homme est guéri. Il reprend alors la route comme s'il devait rattraper le temps perdu. Personne ne sait ce qu'il devient.

Entre 1951 et 1957, la famille s'agrandit : mon père, Giovanni, voit le jour, puis mon oncle Michel et enfin ma plus jeune tante Maria. Les marais forment pour eux un vaste terrain de jeu. Au fil des saisons, ils se baignent dans les mares couvertes de lentilles d'eau et les fossés infestés de couleuvres, explorent les tanières des renards, comptent les oiseaux de proie perchés sur le chemin de l'école, se servent volontiers dans les vergers environnants laissés à l'abandon, se régalent de cerises, pommes et melons. Pendant leur temps libre et les mois d'été, les deux aînés, ma tante et mon père, souvent inséparables, doivent également accomplir leur part du travail à la ferme : mener les vaches aux champs, déterrer les betteraves pour nourrir les animaux, aider les adultes pendant les moissons… Pour les patrons, il est évident que les enfants de leurs employés italiens prendront plus tard la relève des parents pour travailler à leur service. Que pourraient-ils faire d'autre ?

Il y a peu de photographies de ces années passées à Mourière dans l'album. Souvent ce sont des petits formats rectangulaires en noir et blanc, aux bords légèrement dentelés. Les enfants de Valentino et Giacomina y sont souriants, se prêtent bien volontiers à l'objectif. La plupart du temps, ils sont habillés de culottes courtes et on devine que leurs jambes nues aux genoux cagneux sont brunes, chauffées par le soleil. Ils tiennent à la main des bâtons, posent devant les clapiers à lapins, soulèvent des chevreaux dans leurs bras. Sur l'une de ces photographies, les deux plus jeunes de la fratrie (ma tante, un bonnet noué sous le menton soulignant ses joues rondes, et mon oncle, reconnaissable à ses lunettes) se tiennent devant le mur d'une haute bâtisse contre lequel sont appuyés un vélo et une chaise. L'angle est recouvert d'un feuillage formant une masse au-dessus de la tête des deux enfants. Entre eux et le photographe, on distingue un grillage – peut-être celui-ci délimite-t-il la partie de la propriété habitée par les patrons de celle qu'habite la famille de Valentino et Giacomina ? – qui court sur presque toute la longueur du cliché. Au-delà s'étend un terrain plat et nu, recouvert de terre et de graviers, des piquets en bois soutenant un second grillage qui délimite un champ nu, puis la silhouette de hauts arbres alignés sur l'horizon. Une autre photographie montre la même maison, mais cette fois-ci du côté de la façade. Elle occupe entièrement la moitié de l'image, tandis que sur la seconde moitié un garçon coiffé d'une casquette, vêtu d'un chandail et de culottes courtes – une tenue étrangement semblable aux tenues des *schoolboys* anglais –, pointe ce qui ressemble à un pistolet en plastique vers l'objectif. Derrière lui, mes grands-parents s'avancent côte à côte. Ils ne regardent pas l'objectif, leurs visages sont penchés vers le sol. Giacomina porte une blouse de travail nouée à la taille boutonnée sur le devant. Une médaille au bout d'une chaîne brille sur sa poitrine. Ses cheveux ne sont pas encore gris. Valentino, haut de taille, porte une veste par-dessus un pull-over de couleur sombre et un pantalon de travail. Un instant, je crois qu'ils se tiennent par le bras, mais non : si leurs coudes sont proches, tous les deux gardent leurs mains glissées dans leurs poches. Chacun semble perdu dans ses pensées. À moins qu'ils ne discutent à voix basse, suffisamment certains que l'un écoute l'autre pour ne pas avoir besoin de se regarder. À l'arrière-plan, la silhouette d'une femme, massive, la tête légèrement tournée vers le photographe, a franchi le mince trottoir qui borde le rez-de-chaussée et s'apprête à pénétrer à l'intérieur de la maison. S'agit-il de l'épouse du patron, la maîtresse des lieux ? Mes grands-parents et elle se sont-ils entretenus quelques minutes auparavant ? Est-ce cette discussion qui les a laissés pensifs ? Ont-ils déjà l'intention de quitter la ferme pour habiter, enfin, dans leur propre maison ? Je l'ignore et, tout à son intimidation, le jeune garçon au pistolet n'y prête aucune attention.

En mars 1960, toute la famille obtient la nationalité française. Mon père a conservé le document officiel émis par la sous-direction des Naturalisations du ministère de la Santé publique et de la Population. On y lit les états civils des membres de la famille rangés les uns en dessous des autres : Valentino et Giacomina d'abord, dont les prénoms, noms, lieux et dates de naissance sont suivis de l'abréviation NAT, pour « naturalisation », puis leurs quatre enfants classés par ordre de naissance. À la différence des parents, leurs états civils s'accompagnent des trois lettres EFF correspondant à « effet collectif ». C'est à peu près à la même époque que Valentino et Giacomina font l'acquisition de la maison du Péré, une vieille bâtisse délabrée qui se situe en bordure de route à la sortie du village de Saint-Nazaire. Elle aurait appartenu à la famille de Rohan, les seigneurs de Soubise, au XVIIIe siècle ; elle aurait également hébergé des religieuses. Conscient de faire là une bonne affaire, le patron de mon grand-père la lui cède en l'état, totalement inhabitable, contre dix ans de salaire.

Les travaux de construction pour l'étable, la laiterie et la cave, ainsi que la rénovation des lieux de vie, vont durer deux ans. Le nouveau foyer possédera une douche et des toilettes à l'intérieur, ce qui n'était pas le cas du logis de Mourière. « Qu'est-ce que nous sommes riches ! » s'émerveillent alors ma tante Anita et mon père en parcourant le chemin qui sépare Mourière du Péré à travers les marais. Être riches pour les deux enfants, c'est avoir leur propre maison. Ils n'en reviennent pas d'être aussi chanceux.

Les mois d'hiver, les frères de Valentino, qui ont émigré en Suisse et sont également maçons, font le déplacement en France pour prêter main-forte à la rénovation. On les aperçoit sur certaines photographies, adossés à la façade de la maison, la casquette vissée sur la tête, leurs outils plantés dans un tas de ciment frais tandis que les enfants montés au grenier font signe à l'appareil photo, ou bien souriant au milieu des gravats, appuyés sur leurs pelles, observant ma plus jeune tante âgée de trois ans, assise en tailleur dans le sable. Je ne reconnais pas ces hommes, je ne les ai jamais rencontrés. Je parviendrais à peine à les différencier si l'album ne contenait également une série de photographies de la fratrie entièrement réunie.

Au dos de l'une d'entre elles, une date est notée au stylo : janvier 1967. On distingue des montagnes à l'arrière-plan qui laissent imaginer que les retrouvailles ont eu lieu soit en Suisse, soit à Oltra, la commune de Belluno située dans le Veneto, dont la famille de mon grand-père est originaire. Les cinq frères, Berto, Bartolo, Emilio, Dino et Valentino, posent en compagnie de leur unique sœur, Maria. Contrairement à ses frères, je l'identifie aisément grâce à un portrait que j'ai vu d'elle encadré dans la chambre d'amis, chez la Nonna. On y voyait cette solide montagnarde, colporteuse de profession, souriante et chaussée de gros godillots de marche, prendre la pose sur un quai de gare enneigé. Elle portait, plaquée contre son dos, une sorte de valise sur le sommet de laquelle était disposée une pile de tissus soigneusement ficelés. Voisinant ce portrait accroché au même mur, il y avait également une photographie des parents de la Nonna se tenant devant leur maison aux airs de chalet tyrolien.

J'étais un peu perturbée par ces images qui me montraient ces Italiens de ma famille, ayant plus de similarité avec le type autrichien que méridional largement représenté par les mannequins des publicités pour produits de luxe et marques de café, bronzant sur des yachts au large de Portofino ou sirotant des *expressos* attablés dans des trattorias romaines. Qui était dans le vrai : ces solides gens des montagnes aux yeux clairs, chaussés de sabots, ou bien ces voluptueuses représentantes de la Dolce Vita à la peau délicieusement ambrée et aux corsages pigeonnants ?

Sur la série datée de 1967, Emilio, Bartolo et Valentino encadrent Maria qui les agrippe fermement par les bras. Dino et Berto, quant à eux, prennent la pose accroupis à leurs pieds. On devine qu'il a bien fallu trouver une solution pour pouvoir faire entrer tout le groupe dans le cadre. Malgré cela, l'épaule droite d'Emilio flirte dangereusement avec le rebord de la photographie tandis qu'un grillage à gauche de Valentino occupe un espace démesuré faisant la part belle aux branches nues de l'arbre que l'on aperçoit en contrebas de la terrasse. Les hommes portent chapeaux et vestons. Les cigares des grands jours nonchalamment glissés entre leurs doigts ont remplacé leurs cigarettes bon marché. La massive Maria est vêtue d'une robe à motifs discrets et d'un gilet de couleur sombre, sans apprêt particulier : on devine que jouer la coquette ne fait pas partie de ses priorités. Sur une autre photographie, vraisemblablement prise à la suite de celle-ci, Maria, toujours positionnée au centre du groupe, a emprunté le chapeau de Bartolo (« chapardé » serait peut-être le terme exact tant elle a l'air de savourer son petit effet), chapeau qu'elle a posé sur sa tête d'un air canaille. À sa droite, son mari, les cheveux blancs coupés en brosse, plisse les yeux, les mains enfoncées dans les poches de sa veste. Mon oncle Michel âgé de douze ans, le fils et l'épouse de Dino ont également rejoint le groupe. Élégante, en chaussures à talons, gantée et vêtue d'un manteau ajusté en laine noire au col bordé de fourrure, un sac à main en cuir pendu à son avant-bras, cette dernière offre un saisissant contraste avec la débonnaire Maria qu'elle observe avec un mélange de crainte et de curiosité. J'imagine que les deux femmes ne devaient pas avoir grand-chose à se dire : Maria la robuste qui faisait du porte-à-porte sous la neige et l'épouse du plus jeune frère qui voulait avoir l'air d'une dame… La journée de retrouvailles semble se clore avec un dernier cliché pris cette fois-ci en intérieur. Sa qualité est médiocre, ruinée par un violent contre-jour, le photographe s'étant posté face aux deux grandes fenêtres de la pièce. On reconnaît tout de même la silhouette de Maria attablée, toujours au centre, son mari assis à sa droite et l'un de ses frères dont on ne distingue pas le visage positionné à sa gauche. Au premier plan, le fils de Dino est tourné vers l'objectif, le visage plongé dans l'obscurité, la pommette seule frappée par la lumière aveuglante provenant des fenêtres. Sa mère, face à lui, est légèrement penchée au-dessus de son assiette. Elle semble détachée de ce qui se passe autour d'elle. Derrière Maria, entre les deux fenêtres, des calendriers sont fixés aux murs, ainsi qu'un cadre positionné très haut – au-dessus des têtes, à la limite du plafond. On y distingue des formes ovales, des petits rectangles, signes géométriques de photographies eux-mêmes enchâssés dans le rectangle du cadre. Les hommes se sont décoiffés et ont regroupé leurs couvre-chefs sur le rebord de l'une des fenêtres. Au milieu de la table, une bouteille projette une tache scintillante sur la vaste poitrine de Maria.

Mon grand-père est né en 1911 à Oltra, un hameau de la province de Belluno située dans le nord du Veneto. Sa famille, qui a prospéré dans le commerce du bois, se voit ruinée à l'issue de la Première Guerre mondiale. Le père de Valentino, comme de nombreux soldats, est sans doute mort de froid dans les tranchées. En 1924, à l'âge de seulement treize ans (ce qui n'a rien d'exceptionnel à l'époque), Valentino part pour la France avec son cousin Fulvio et son frère Emilio (qui finira par émigrer en Suisse). Leur but est de rejoindre d'autres cousins établis dans la Sarthe. Peut-être que la France n'était pas son premier choix. Peut-être même qu'elle n'était qu'une étape sur le chemin des États-Unis, comme cela avait été le cas pour certains membres de la famille avant lui.

En 1913, l'émigration italienne connaît un véritable pic : 497 475 émigrants rejoignent, à eux seuls, les États-Unis, 148 850 l'Amérique du Sud, et un total de 307 627 d'autres pays d'Europe, dont 80 000 la France, ainsi que l'Allemagne. Le nord-est de l'Italie, avec 123 853 émigrants, est moins touché par cette vague que d'autres régions du pays, comme le Centre ou le Sud – et surtout la Sicile, qui compte plus de 146 000 émigrés à elle seule. Mais à partir du début des années vingt, dans un souci de préserver l'*homogénéité ethnique* de la population américaine, les lois votées par le Congrès réduisent considérablement l'accueil des immigrés italiens, tout comme ceux originaires d'Europe du Sud et de l'Est. La loi de 1924, connue comme le « Johnson-Reed Act », impose en particulier un quota de 2 % d'immigrants pour chaque nationalité déjà présente sur le sol américain selon le recensement de 1890.

Au début du siècle, le ministre vénitien Luigi Luzzatti aura ce mot au sujet de l'émigration qui frappe l'Italie : ce n'est ni une bonne chose ni une malchance, c'est simplement une nécessité. Néanmoins, l'exil n'est pas nécessairement vécu comme définitif, et nombreux sont les émigrants qui conçoivent leur séjour dans un autre pays comme un moyen de faire fortune avant de s'en revenir au *paese,* fêtés comme des *signori.*

C'est compter sans Mussolini qui, à partir des années trente, durcit également le contrôle de l'émigration, pour des raisons à la fois démographiques (l'Italie connaît alors un important fléchissement de sa natalité) et idéologiques, dans la mesure où le départ des jeunes gens apparaît comme une perte de force vive et un signe de décadence peu compatible avec les idéaux du régime fasciste. On imagine dès lors qu'un immigré qui retourne au pays dans ces années-là ne peut plus en repartir aussi aisément.

Quoi qu'il en soit de ses projets initiaux, Valentino n'ira pas plus loin que la France et ne retournera jamais vivre en Italie. De sa vie de jeune homme qui débute à l'âge où il serait aujourd'hui considéré comme un jeune adolescent, ses premières années dans la Sarthe, son parcours sur le reste du territoire français dans la période de l'entre-deux-guerres, puis son installation en Charente-Maritime avant qu'il ne fonde sa famille et rénove la maison du Péré, il ne reste presque rien. Aucune lettre, carnet ou autre document écrit. Ce que je sais, je le dois à ses enfants dont les souvenirs sont eux-mêmes épars, résiduels, bien souvent reconstitués à partir de ce qu'ils ont pu comprendre de la vie de leur père qui ne leur a jamais directement parlé de cette période de sa vie, ou bien de ce qu'ils ont pu récolter auprès de leurs cousins italiens qui eux-mêmes le tenaient de leurs parents.

Quant aux photographies de sa jeunesse, elles sont rares. Parmi elles, un cliché, qui date vraisemblablement des années trente, encadré dans le petit bureau de mes parents. Trois hommes posent en rang serré devant une paroi rocheuse. Celle-ci dessine une sorte de voûte au-dessus de leurs têtes. On dirait l'entrée d'une grotte. Quel choix étrange pour un portrait de groupe… Le photographe disposait-il d'un appareil portatif et se promenait-il parmi les passants pour proposer ses services ? Ou bien s'agissait-il d'un stand installé parmi d'autres attractions, un jour de fête ? Le soleil entre par la droite, vient frapper quelques reliefs dans la pierre et le genou de l'homme qui se trouve au centre, dessine une large bande de lumière au sol qui borde l'ombre du mur de roche. Le jeune homme qui se tient au milieu du petit groupe est Valentino. Le visage long, le nez droit, les sourcils bien dessinés, la bouche aux lèvres minces et le menton volontaire, il a les yeux clairs et le regard franc qui fixe très directement l'objectif du photographe. Entre ses doigts, une cigarette encore intacte, tout comme celle de l'homme qui se tient à sa gauche. Son autre main est cachée par la veste qu'il porte sur son avant-bras : la même attitude adoptée par les trois hommes. Il fait assez chaud : les cols des chemises sont largement ouverts, laissant apercevoir des cous et des épaules solides de travailleurs manuels. Mais au contraire de ses compagnons, Valentino a conservé son pull-over à col en V par-dessus sa chemise, dont le poignet apparaît d'un blanc éclatant contre la toile épaisse de son pantalon à coupe droite et taille haute pourvu de bretelles et terminé par de larges revers. Si l'on excepte quelques fantaisies (l'imprimé de la chemise de l'un, les motifs des bretelles de l'autre...), les trois hommes sont pratiquement vêtus à l'identique : ils portent des costumes et leurs chaussures, sans que l'on puisse les qualifier de fins souliers, ne sont pas pour autant des godillots de travail. S'agit-il d'un dimanche, ou d'un jour de congé ? La poussière sur les chaussures des trois hommes semble indiquer qu'ils ont fait une marche.

Je ne parviens pas à donner un âge aux camarades de Valentino, même si les traits plus matures du visage de celui qui se trouve à sa droite ainsi que son attitude protectrice (je crois voir que son bras gauche est passé derrière le dos de mon grand-père) me laissent penser qu'il est l'aîné du petit groupe. Le deuxième compagnon paraît avoir sensiblement le même âge que mon grand-père, même si dans son buste légèrement bombé vers l'avant et ses sourcils froncés, je crois discerner plus d'assurance. Qui sont ces deux hommes ? L'un d'eux est-il Fulvio, le cousin ? En tous les cas, dans aucun d'entre eux je ne reconnais les traits du frère de Valentino jeune, Emilio. Il me semble que ce n'est pas un hasard si mon grand-père se trouve ainsi encadré par les deux hommes : j'y vois une volonté de montrer à ceux qui vont recevoir un exemplaire de cette photographie, parmi lesquels sans nul doute les autres membres de la famille restés à Oltra, que celui qui, alors âgé de treize ans, a pris la route pour trouver du travail en France quelques années auparavant n'est pas seul et se porte bien.

Les premiers moments de son arrivée dans la Sarthe, Valentino travaille tout d'abord comme rempailleur de chaises itinérant, se déplaçant de village en village, dormant dans les granges, à l'abri des bottes de foin trouvées dans les champs, s'inscrivant ainsi dans la tradition des petits métiers des rues exercés par les immigrés transalpins du XIXe siècle. Ils étaient alors rempailleurs de chaises, colporteurs, vitriers ou encore rémouleurs. Enfants (un puissant trafic de « location » d'enfants existait alors entre la France et l'Italie), ils pouvaient également être employés comme vendeurs de statuettes en marbre. Sans compter le métier de montreur d'ours (et parfois de singes), dont les témoignages photographiques m'ont toujours laissé un sentiment tenace de honte et de malaise. Je ne sais si je dois l'attribuer à la vision de l'ours (souvent originaire des montagnes des Abruzzes), coiffé d'un chapeau d'homme trop petit, tenu au bout d'une chaîne et les pattes entravées d'un bâton, ou bien celle du propriétaire qui l'exhibe. Ce dernier, malgré son sourire ou la pose qu'il souhaite pleine d'aplomb, semble toujours tendu, sur ses gardes.

Valentino continuera de fabriquer et réparer des chaises toute sa vie, même quand ce ne sera plus son métier. Certaines, après sa mort, resteront à diverses étapes de leur fabrication entreposées au fond du grenier de la maison du Péré, à moitié dissimulées derrière de longues gerbes de paille blondes pendant du toit. Dans la Sarthe, il devient maçon sur les chantiers de travaux publics ou de terrassement désertés par les travailleurs français après la Première Guerre mondiale. Que sait-on ensuite de son parcours depuis la Loire jusqu'en Charente-Maritime ? Il aurait travaillé pour les chemins de fer, puis, arrivé à Royan, pour une entreprise de maçonnerie et de marbrerie appartenant à un Italien originaire d'Oudine. C'est sans doute à cette époque, auprès de ses compatriotes, qu'il se forme à la confection du *granito*, une spécialité du Veneto. À la déclaration de la Seconde Guerre mondiale en 1939, Valentino se trouve à Corme Royale, et, lorsqu'en juin 1940, la Charente-Inférieure est occupée par les troupes allemandes, il est déjà employé comme ouvrier agricole à Mourière. Pendant l'Occupation, il échappe au STO grâce à l'intervention d'un protecteur influent qui convainc la Kommandantur que cet ouvrier agricole dur à la tâche et qui ne se plaint jamais participera tout autant à l'effort de guerre en restant en France qu'en partant pour l'Allemagne.

Comment Valentino a-t-il rencontré Giacomina ? Une anecdote racontée par ma tante Maria veut que, refusant absolument de se marier avec une Française, il ait demandé à l'un de ses frères, retourné vivre à Oltra, de lui présenter une fille de sa région natale. En 1946, alors qu'il est revenu assister à l'enterrement de sa grand-mère, Valentino est retenu par les autorités italiennes qui le forcent à faire son service militaire. C'est à ce moment qu'il fait la connaissance de ma grand-mère, une fille de Lamon de dix ans sa cadette, son frère ayant certainement réussi là sa mission d'entremetteur.

Mon grand-père est mort en 1981, lorsque j'avais trois ans. Je n'ai gardé aucun souvenir personnel de lui et n'ai, bien entendu, jamais pu lui poser de questions relatives à sa jeunesse. Même si, au contraire de mon grand-père, la Nonna a été présente pendant toute mon enfance et une partie de ma vie d'adulte, on ne peut pas dire qu'elle ait été très diserte sur sa vie de jeune femme. Certes, elle évoquait avec nostalgie sa propre enfance dans les montagnes (elle en gardait d'ailleurs une profonde tendresse pour les edelweiss et le feuilleton germano-suisse *Heidi* diffusé à la télévision à la fin des années soixante-dix) mais pour le reste, tout juste savions-nous qu'elle avait tenu dans ses bras une petite sœur ou un petit frère mourant, et que, devenue jeune fille sous Mussolini, elle avait été placée par le curé de son village comme *nurse* chez de riches bourgeois vénitiens.

Une photographie possédée par ma tante la montre, probablement à l'époque de ce premier emploi, assise dans une pose décontractée devant un paysage sylvestre en compagnie d'une autre jeune femme qui a l'air vêtue d'un uniforme. Souriante, les pommettes hautes et le nez fin, Giacomina porte un élégant tailleur-jupe en laine épaisse et une chemise blanche, ses cheveux bruns sont tirés en arrière et coiffés en chignon. Je me souviens d'avoir vu d'autres photographies de ma grand-mère sensiblement au même âge portant dans ses bras une très jolie petite fille aux grands yeux noirs chaudement emmitouflée qu'elle couvait du regard, ou encore lui tenant la main à la descente d'une voiture. A-t-elle cessé de travailler pour la famille vénitienne lorsqu'elle a rencontré Valentino ? Deux ans après la fin de la guerre, qu'est-il arrivé à ses riches patrons ? Est-elle retournée vivre chez ses parents ? Qu'attend-on d'elle alors (elle est âgée de vingt-cinq ans, ce qui fait déjà d'elle, à l'époque, une vieille fille...) ? Mon père m'a confirmé qu'à la mort de Mussolini, Giacomina a brûlé tous les papiers relatifs à son emploi de *nurse*, par peur d'être considérée, à l'instar de ses patrons, comme une sympathisante fasciste. Quelle a été sa vie durant les années de guerre ? De quoi a-t-elle été témoin ? Je l'ignore, et ses enfants n'en savent pas davantage. Elle n'en parlait jamais.

Ma tante Anita, née en 1947, a grandi tout d'abord à Lamon chez la mère de Giacomina. Je ne sais pas ce qui a dicté ce choix alors même que mes grands-parents habitent déjà en France. Considèrent-ils que leurs conditions de vie sont alors trop précaires pour que la petite fille vienne vivre avec eux ? Peut-être ne sont-ils même pas certains de rester en France, et alors, ces premières années seraient une sorte de test. En tous les cas, à cette même période, Giacomina découvre les conditions de sa nouvelle existence dans la campagne charentaise. Il faut bien plus que du courage et de la résistance pour s'adapter au travail de la ferme. Giacomina n'a manqué d'aucune de ces qualités. Nul doute que le choc est grand pour celle qui chérit les montagnes de son enfance et a également goûté pendant quelques années à la vie citadine vénitienne. Questionnée parfois au sujet de cette transition, elle aura pour habitude de dire que cela a été très difficile, sans plus d'explications. Mais, avec le temps, une forme de rancœur silencieuse deviendra de plus en plus palpable à l'égard de son pays et sa région d'adoption. Pas un seul instant je ne doute qu'elle n'ait souffert de son isolement sur cette terre rase de champs et de marais avec, tout au bout, l'estuaire de la Charente et ses îles qui s'interposent, comme des remparts, entre le continent et l'océan. Contrairement à Valentino qui s'exprimait en français sans une pointe d'accent, Giacomina a conservé le sien jusqu'à la fin de sa vie. C'était l'une de nos taquineries favorites avec mon frère : nous lui faisions répéter plusieurs fois de suite le mot "champignon", pour ensuite le prononcer à sa manière, ravis du nouveau rythme impulsif et sautillant que nous donnions au mot. « Ah, vous vous moquez de votre grand-mère ! », nous disait-elle en agitant l'index dans notre direction. Et elle souriait.

En parcourant le reste de l'album, je vois les enfants devenir adolescents, puis jeunes adultes. Les clichés en couleurs commencent à apparaître. Anita dispose désormais de sa propre chambre. Elle a seize ans et termine l'école ménagère agricole de Saintes. Elle va bientôt commencer l'école de couture de Rochefort quand elle est ainsi prise en photo, assise sur son lit, les posters de ses chanteurs favoris en costume noir et guitare à la main accrochés au mur. Dans un coin, une petite chaise en paille accueille un ours en peluche et, dans le coin opposé, on devine le profil d'une coiffeuse garnie d'un tissu fleuri à volants. Peut-être a-t-elle confectionné elle-même l'habillage du meuble. Les deux plus jeunes de la fratrie, Michel et Maria, posent ensemble devant l'arbre de Noël (des branches des sapins de la cour coupées puis rassemblées en bouquet) et la crèche au toit de chaume. Le visage rayonnant, ils montrent leurs cadeaux : des disques 45 tours d'Adamo et Mireille Mathieu, un tourne-disque, un jeu de société sur la géographie… tandis que le chat blanc (l'adepte des paniers à salade) dort, impassible, roulé en boule sur un petit repose-pied. C'est au tour de mon père, encore une fois, d'immortaliser sa tenue de fête devant le « sapin » : il s'est exécuté, vêtu d'une veste et d'une cravate, les bras ballants, un sourire timide aux lèvres. À l'époque, il a quitté l'école pour suivre un apprentissage de mécanicien. Il y a d'autres clichés de ce même Noël où la famille est réunie à table : Maria est au premier plan, les joues rouges, accoudée au dossier de sa chaise, Giacomina a mis un chemisier, Giovanni a enlevé sa veste mais porte toujours sa cravate, Valentino, lui, se tient en bout de table, le visage grave.

La famille a un goût prononcé pour les photographies prises dans la cour de la maison, ce qui donne lieu à des mises en scène bucoliques où les fleurs jouent souvent le premier rôle : mon oncle Michel en communiant, un énorme bouquet d'arums presque aussi haut que lui installé à ses pieds, Anita en maillot de bain deux-pièces, pieds nus sur le sol crayeux de la cour, une main appuyée sur la tête du chien Lolly, les marguerites, roses et iris plantés le long du mur de la remise dardant leurs têtes dans sa direction, mes grands-parents souriants, en chaussons, devant l'ancien abreuvoir transformé en jardinière… Ou encore ce portrait de la famille tout entière réunie sur le perron de la maison, encadrée par les deux grands hibiscus : Valentino au milieu, Giovanni en uniforme militaire à sa droite, Michel, à sa gauche, coiffé du calot de son frère, un bras passé autour des épaules de son père, Giacomina, sur le bord extérieur de la photographie, entourant la taille de Michel, et, à leurs pieds, Maria et Anita, assises légèrement de biais. Je suis frappée par le corps de mon grand-père amaigri et son visage émacié. Ses fils, à présent, le dépassent d'une tête. Comme presque toujours, il est vêtu d'un pantalon bleu de travail trop large malgré la ceinture qui lui serre la taille. Il fixe le photographe, la tête légèrement inclinée vers sa poitrine contre laquelle il a ramené ses bras. Comme s'il était pris d'une immense fatigue et avait du mal à les soutenir.

Au milieu de l'album, rassemblée sur une double page, sans lien apparent avec le reste des photographies, se trouve une série de clichés en noir et blanc dont Valentino, chose inhabituelle, est le principal sujet. Aucun autre membre de la famille n'est présent. Les lieux montrés, eux, n'ont rien de familier non plus : on distingue d'immenses façades de bâtiments aux faux airs de paquebots, d'autres à l'architecture typique des chalets de stations de ski, des sentiers dans la neige bordés de conifères… Il est évident que nous ne sommes plus au Péré ni en Charente. À la rigueur, certaines vues pourraient rappeler les paysages du nord du Veneto ou même la Suisse. Mais ce sont bien le regard et l'attitude de Valentino qui finissent de nous convaincre de l'étrangeté de la situation : sur ces photographies, il apparaît passif et désœuvré. Et puis, il y a tout ce blanc : le blanc de la neige épaisse qui recouvre le sol, parfois moucheté de gris lorsque s'y mêlent les graviers des routes, le blanc des toits des bâtiments et des sommets des montagnes à l'arrière-plan, le blanc des murs de la chambre dans laquelle Valentino est assis, tout comme le blanc immaculé des draps de son lit.

Souvent, d'autres hommes figurent à ses côtés. Également emmitouflés dans leurs manteaux, les jambes solidement campées sur un sol dur et glacé, ou bien les chevilles enfoncées dans une neige muette de blancheur, ses compagnons de circonstance ont tous ce même regard de captif résigné. Qui a pris ces photographies ? Peut-être chacun au sein du groupe, à tour de rôle, s'est-il chargé de le faire ? Quoi qu'il en soit, elles nous montrent Valentino en promenade, les mains enfoncées dans les poches de son manteau, son béret sur la tête, posant sur ce qui semble être un balcon, arborant une fine moustache à la Clark Gable sur la lèvre supérieure, ou bien assis dans sa chambre, seul ou en compagnie de cet homme plus jeune que lui, aux épaules minces et à l'air légèrement renfrogné que l'on reconnaît sur d'autres clichés (son compagnon de chambrée ?), tandis que derrière lui on aperçoit des cartes postales et des photographies épinglées dans un angle du mur. Il y a également ce portrait de groupe pris devant la devanture d'un bar dont on a déneigé le chemin d'accès : j'observe longuement les hommes sagement alignés face à l'objectif, comme à leur habitude, avant de remarquer le sourire malicieux des deux compagnons de Valentino, tandis que ce dernier, toujours coiffé de son béret et, semble-t-il, une cigarette aux lèvres, tient dans la paume de sa main droite une petite boule de neige d'un blanc et d'une rotondité presque surréels.

Des images d'une routine bien établie dont on ne perçoit ni le commencement ni la fin, jusqu'à ce que l'œil se pose, par hasard, sur celle qui vient à la fois confirmer ce que l'on avait confusément senti depuis le début, et donner un nom à ce lieu situé hors du temps : Valentino est posté dans un virage, à l'entrée de ce qui semble être de prime abord une ville dont on aperçoit les toits et les poteaux téléphoniques. Derrière lui, un panneau signalétique indique en grosses lettres noires sur fond blanc :

SANATORIUM
SILENCE

En 1961, malade des poumons, Valentino a été envoyé en cure de repos au plateau d'Assy dans le pays du Mont-Blanc, un ancien alpage situé à plus de mille mètres d'altitude, un site gigantesque regroupant plusieurs sanatoriums pour enfants et adultes, ainsi que des hôtels et restaurants. Mené initialement par la mission philanthropique américaine Rockefeller pour combattre la tuberculose pulmonaire (l'alcoolisme et les maladies vénériennes étant les deux autres fléaux à éradiquer selon cette même fondation...), le projet du plateau d'Assy répond à une préoccupation majeure : à la veille de la Grande Guerre, la France possède le taux de mortalité tuberculeuse le plus élevé de tous les pays européens. La mobilisation du conflit mondial aggrave la situation, car le recrutement dans l'armée laisse passer les soldats tuberculeux, et les conditions de vie dans les tranchées elles-mêmes empirent les tuberculoses, voire les révèlent. Les soldats américains étant engagés aux côtés des Français dans ce conflit, la fondation Rockefeller et la Croix-Rouge américaine s'inquiètent de l'importation de la maladie aux États-Unis. La construction du premier des quatorze sanatoriums débute en 1924, malgré la réticence de la population des alentours qui craint, au début, elle aussi, la présence en masse des malades et des infections qu'elle pourrait entraîner. En 1930, le plateau d'Assy a déjà des allures de ville d'altitude : il comprend de nombreux hôtels en plus des établissements de cure et de postcure, soit plus de deux mille lits médicalisés prêts à accueillir les « tubards », comme on surnomme les malades de la tuberculose, ainsi que les mille-cent-cinquante salariés qui travaillent sur le site. Il devient également un haut lieu de la recherche médicale. Des malades venus de toute la France s'y rendent pour se faire soigner et y demeurent parfois pendant de longues années. Ils sont atteints de tuberculose pulmonaire qui, à la différence de la tuberculose osseuse ou ganglionnaire nécessitant des sanatoriums installés en bord de mer pour bénéficier de l'air iodé, se traite par une cure d'air pur et sec, ainsi que par la luminosité. Situés à plus de mille mètres d'altitude, les sanatoriums du plateau d'Assy sont placés au-dessus des brouillards et jouissent d'une protection contre les vents du nord grâce aux aiguilles de Warens, la pointe de Platé ainsi que la chaîne des Fiz. Ils disposent également d'une durée d'insolation maximale, car aucun sommet ne les ombrage. Enfin, la beauté et la majesté du panorama du Mont-Blanc sont censées contribuer à l'excellent moral des patients, ce qui ne peut que participer à leur guérison, comme le rapportent les présentations officielles du site à la veille de la Seconde Guerre mondiale.

À partir des années cinquante, l'arrivée des antibiotiques, la campagne de vaccination obligatoire contre la tuberculose en France et la disparition du traitement par la cure entraînent logiquement une forte baisse de l'activité sanatoriale au plateau d'Assy. Dans les années soixante, certains établissements de petite taille et des hôtels de cure sont réaménagés en logements ou en centres d'hébergement, et une dizaine de sanatoriums parmi les plus vastes sont reconvertis en centres médicaux spécialisés dans la rééducation, les soins de suite, la psychiatrie ou encore l'hémato-cancérologie. C'est dans ce contexte de reconversion que Valentino y fait une cure pour soigner une fragilité broncho-pulmonaire due à une infection mal soignée qu'il a contractée à son arrivée en France plus de trente ans auparavant. Il y reste près d'une année. Était-ce la durée prévue initialement par les médecins, ou bien la cure a-t-elle été allongée en cours de traitement, faisant de mon grand-père un semblable de certains personnages de *La Montagne magique* à qui, malgré leurs prières, les médecins refusent l'autorisation de regagner les plaines ?

Au printemps, ses frères viennent lui rendre visite depuis la Suisse (qui est à peine distante d'une heure de route), ainsi que ses enfants Anita, Giovanni et Michel. Restés seuls au Péré sans lui, Giacomina et ses enfants vivent une année difficile : ils ne peuvent compter que sur l'argent de la vente du lait et les produits de la ferme avec lesquels ils se nourrissent. Anita, chargée de faire les courses à Saint-Nazaire, se souvient des moments de honte au moment de payer l'addition chez l'épicier. C'est un long et impressionnant périple pour les trois enfants (Anita n'a alors que quatorze ans). Mal informés, ils quittent Rochefort en train et arrivent à Chambéry, imaginant que c'est là la fin de leur voyage. Mais ils ignorent qu'il faut encore deux heures de voiture pour rejoindre le sanatorium depuis la ville. À la gare, un taxi prend pitié des enfants désorientés et décide de les transporter jusqu'au plateau d'Assy. Une fois sur place, le chauffeur s'enquiert de Valentino et remet lui-même les enfants à leur père qui paiera un prix dérisoire pour la course.

Pendant une semaine, les oncles italiens et leurs neveux français logent à l'hôtel. Le matin, ils se promènent tous ensemble sur les nombreux chemins qui sillonnent le site et rejoignent ensuite le malade au restaurant pour le déjeuner. L'après-midi, Valentino dispose de quelques heures entre ses soins pour passer du temps avec ses enfants. Anita se souvient de son père heureux entouré de sa famille. Je ne trouve aucune trace de cette semaine où les enfants l'ont rejoint dans le reste de l'album. Je ne trouve pas non plus de photographies de Giacomina et ses enfants au Péré durant cette année passée sans lui.

Les vingt années qui suivent, la santé de Valentino se dégrade lentement. La dernière photographie de l'album – un petit format carré en couleurs – le montre assis sur son Solex, dans la cour de la maison du Péré, toujours vêtu de son bleu de travail et coiffé d'un béret. Il tient ma cousine Barbara, la fille d'Anita, alors âgée de deux ou trois ans, en équilibre debout sur la selle tandis que Giacomina se tient à quelques pas derrière eux.

Il me semble que mes premiers souvenirs d'enfance débutent seulement à la naissance de mon frère, soit peu de temps après la mort de mon grand-père. Certes, ma famille m'a rapporté des instants partagés avec lui avant sa disparition. Ainsi, lui apportais-je ses médicaments dans la petite chambre d'amis du Péré où il était alité… Et il existe aussi des photographies qui nous montrent ensemble assis sur le rebord de la cheminée. Derrière ses lunettes aux montures fines, il a ce regard très clair que j'ai parfois du mal à soutenir lorsque je l'observe sur les photographies du plateau d'Assy. Mais ce ne sont pas à proprement parler des souvenirs personnels et je ne me rappelle même pas le son de sa voix.

La seule chose qui me reste d'intime concernant Valentino est difficilement définissable : cela prend la forme d'une « scène » dont je ne suis toujours pas parvenue à définir l'origine. L'ai-je réellement vécue, ou serait-elle la trace persistante dans ma mémoire d'un rêve, ou bien encore le fruit d'une reconstitution imaginaire à partir de propos que j'aurais entendus chez les adultes ? Cette « scène », la voici : toute petite, je traverse la cour de la maison de mes grands-parents pour atteindre le portail qui la sépare de la route communale. De l'autre côté de ce portail, une longue voiture est sur le point de démarrer. Mon intuition d'enfant – et cette dernière ne change pas avec les années – est que cette voiture emporte quelqu'un à son bord. Je cours pour la rattraper.

Il est tard lorsque je referme l'album. Ma mère est déjà couchée. Dans le salon, les portes-fenêtres sont ouvertes sur la nuit pour laisser entrer un peu de fraîcheur. Mon père regarde un vieux western de deuxième partie de soirée. John Wayne, qui finissait tranquillement son dîner, attablé avec deux autres hommes à l'air buté, est soudain attaqué par un jeune freluquet qui a l'air d'avoir beaucoup à lui reprocher. Les claquements des coups de poing hollywoodiens se multiplient, rythmés par une musique guillerette qui n'a rien à envier aux *slapstick comedies*. Je viens prendre place sur le canapé, à côté de mon père :

— Que se passe-t-il ? Pourquoi se cognent-ils ainsi ?

— John Wayne est l'aîné d'une fratrie et tente de convaincre son plus jeune frère (celui qui vient de se jeter sur lui) de retourner à l'école plutôt que de se battre.

— Visiblement, il n'y parvient pas tout à fait, fais-je remarquer. Quel est le titre du film ?

— *Les Quatre Fils de Katie Elder.*

— De John Ford ?

— Non, Henry Hathaway.

J'observe John Wayne : je lui trouve un air abattu qui, me semble-t-il, n'est pas uniquement dû à son rôle. Et pour la première fois, je remarque qu'il a une démarche tout à fait singulière, presque féminine, comme s'il roulait des hanches. J'en fais part à mon père qui acquiesce.

— Il était malade au moment du tournage, me dit-il.

— De quoi ?

— Cancer.

Nous nous taisons. Dans la petite cabane en rondins de Katie Elder, les quatre fils n'en finissent plus de s'empoigner.

III

En terre

C'est une nouvelle journée implacable qui s'annonce. Dès les premières heures du matin, dans le jardin, les chats du voisinage ont creusé la terre sous la haie de buis, à la recherche d'un peu de fraîcheur. Leurs yeux verts, derrière leurs paupières mi-closes, nous fixent parmi les feuilles avec un air de reproche, comme si nous aurions dû les sauver de cet enfer.

J'ai décidé de partir tôt, juste après le petit déjeuner, et demandé à mes parents si je pouvais emprunter la vieille Renault Clio.

— Pourquoi la Clio ? s'étonne ma mère. Elle n'a même pas la climatisation.

— Oui, mais des deux voitures, je préfère prendre celle qui coûtera le moins cher en réparations si jamais j'ai un accident.

Avec un sourire, elle me demande de lui rappeler depuis combien de temps je n'ai pas conduit, puis me tend les clefs du véhicule en me précisant que le verrouillage automatique des portes ne fonctionne plus.

Lancée une nouvelle fois sur la route qui mène au Péré, je conduis les fenêtres grandes ouvertes, l'épaule et les cuisses du côté de la portière rougissant sous le soleil oblique. Entre deux réclames pour les promotions des supermarchés du coin, la radio locale passe des succès d'été des années quatre-vingt avec un enthousiasme intact. Parvenue à la sortie de Saint-Nazaire, je dépasse la maison de la Nonna, et le jardin désormais cultivé par mon père. Je continue tout droit sur la route qui traverse les marais en direction du fleuve.

Un jour, mon frère et moi avons été jugés assez grands pour sortir de chez la Nonna et partir seuls explorer la campagne alentour. Un peu fébriles, nous avons retiré deux vieux vélos de la remise : les seuls en état de rouler. Cinq kilomètres séparent le Péré de la destination que nous nous étions fixé. Les vélos grinçaient, les selles étaient dures comme du bois, les freins ne semblaient tenir qu'à un fil.

Nous avons zigzagué en chantant à tue-tête sur la route étrangement convexe et trouée de touffes d'herbes qui se contorsionne entre les champs. Parfois nous nous arrêtions pour inspecter les mûriers sauvages dont les branches surchargées de fruits plongeaient la tête la première dans les fossés asséchés. Un héron, au loin, se déplaçait à grandes enjambées. Nulle vache dans les prés. Ce devait être également la fin de l'été. À l'approche d'une ferme isolée, nous avons ralenti, craintifs, persuadés d'avoir entendu l'aboiement d'un chien et même aperçu sa silhouette postée au milieu du ruban goudronné de la communale qui sectionnait le terrain en deux. Nous avons continué pourtant car il n'y avait pas d'autre route. Le coup de pédale s'est fait plus hâtif, éraflant nos chevilles nues. Nous avons dépassé la ferme en regardant droit devant. On nous a toujours dit que les chiens sentaient la peur. Bientôt, au détour d'un virage, nous avons distingué l'allée qui menait au petit fort Lupin. Une pancarte indiquait qu'il s'agissait d'une propriété privée, tandis qu'une chaîne censée dissuader les curieux traînait dans les herbes hautes. Nous avons ignoré l'une comme l'autre.

Je gare la Clio en bordure des champs, derrière un autre véhicule dont la plaque d'immatriculation n'est pas de la région. Après avoir verrouillé les portières les unes après les autres, je remonte la petite allée bordée de tamaris et de bouquets d'iris sauvages qui fend le glacis jusqu'au chemin couvert du fort (la pancarte « Propriété privée » est toujours là, mais accompagnée d'un panneau explicatif sur les origines du fort). Ce dernier dessine la forme d'un rectangle hérissé de trois pointes : j'y aperçois un couple et deux enfants munis de sacs à dos et de casquettes déambulant le long du fossé dans lequel s'avance l'une des arêtes de la tour réduit. Basse et massive, elle présente deux faces percées de petites ouvertures profondément enfoncées dans la pierre. Elle est également flanquée de deux casernes adossées aux remparts pourvues de meurtrières. Puis viennent les échauguettes situées aux extrémités des murs qui se prolongent par des batardeaux coiffés de dames dont la fonction est de rendre impossible toute tentative de franchissement.

La marée du côté du fleuve doit être basse, car le fossé du fort est à sec. La vase qui en tapisse le fond est grise, craquelée, trouée çà et là de flaques opaques. Avec mon frère, il nous est arrivé à plusieurs reprises d'y voir flotter le cadavre d'un oiseau de proie assommé par une tempête nocturne. Un pont de bois l'enjambe, reliant le chemin couvert à une haute porte en bois. Nous le traversions souvent, nullement rassurés par son piteux état et le jour que nous distinguions entre ses planches. Une fois face à la porte, nous tentions de deviner à travers le trou de la serrure ce qui se cachait à l'intérieur : nous croyions discerner un sol sableux, des murs, encore des murs, peut-être le feuillage d'un arbre, ou le corps noir et luisant d'un canon. À moins que nous n'inventions tout cela. Tout au bout de ce pont croulant, collés contre la porte, il nous semblait que nous étions au bord d'un précipice et nous n'avions qu'une idée : revenir sur nos pas pour retrouver la terre ferme.

Tout en traversant le chemin couvert pour aller m'asseoir sur l'un des merlons qui se trouve à l'extrémité droite du fort, j'observe les autres visiteurs du coin de l'œil. Quelque chose dans leurs pas un peu las, leurs dos légèrement voûtés laisse entendre qu'ils ne sont pas vraiment satisfaits de leur visite. Les enfants s'impatientent.

— Qu'est-ce qu'il y a d'autre à voir dans le coin ?

Les parents consultent leur guide.

— Rochefort, la Corderie Royale… Par contre, il faut faire de la route pour aller jusqu'à La Rochelle ou l'île de Ré.

Les enfants soupirent. On leur avait promis de l'aventure : ici, tout est clos, tout est plat. L'herbe est jaune, brûlée par le soleil, la vase en contrebas des fortifications sent fort et crépite d'insectes. En repartant vers le chemin couvert, ils se retournent pour jeter un dernier coup d'œil courroucé à la porte du fort obstinément close.

Depuis longtemps, les embrasures du petit fort ne montrent plus de canons ; le lieu est vide d'hommes et de munitions. Mon frère et moi n'en connaissions que la face terrestre. Malgré sa petite taille, sa structure générale nous échappait ainsi que la raison de sa présence à cet endroit du fleuve. La possibilité d'une attaque ennemie venue de l'océan, s'infiltrant par l'embouchure de la Charente, était totalement étrangère à nos vies. Nous avons vécu dans une région de forteresses, de poudrières et de casernes, peu à peu transformées en lieux de promenade instructifs, vastes terrains de jeux signalés à l'entrée des villes et des villages par les mouettes jumelles du conseil départemental de Charente-Maritime. Dans les années quatre-vingt-dix, leurs bâtiments restaurés se sont ornés de panneaux pédagogiques justifiant leur intérêt historique et les parkings aménagés au pied des remparts. Nous courions le long des murs de la citadelle de Brouage, perdue au milieu des marais, dont les échauguettes immaculées sentaient l'urine et la bière. En hiver, nous arpentions les fortifications de Saint-Martin-en-Ré et du Château-d'Oléron. Nous croisions les silhouettes des forts Boyard et Louvois à la traversée des viaducs. Pendant les dix années de sa rénovation, nous avons suivi, depuis les grilles de sécurité qui la protégeaient, l'avancée du chantier de la Corderie Royale de Rochefort, la ville où nous sommes nés. Le bâtiment était destiné à accueillir, entre autres, la médiathèque municipale, une salle d'exposition dédiée à la vie maritime, et le Centre international de la Mer. Un vaste projet d'aménagement des berges de la Charente en chemin de promenade reliant la sortie du port de plaisance à l'extrémité de la Corderie était également lancé. Dans son prolongement, face au musée de la Marine, le bassin dédié à la construction de la réplique de l'*Hermione*, la frégate sur laquelle le jeune marquis de La Fayette avait embarqué depuis Port-des-Barques en 1780 à destination des États-Unis, était dissimulé derrière de gigantesques bâches et sa visite était payante. Sa mise à l'eau, puis sa traversée de l'Atlantique pour rejoindre Boston au bout de quinze ans de travaux, ont fait la fierté de la ville.

Les deux événements ont été couverts par de nombreux journaux régionaux et nationaux, et retransmis à la télévision. Je crois que l'émission *Thalassa* en avait même fait une édition spéciale.

Dans ce vaste programme de restauration et d'embellissement des monuments du littoral, les *blockhaus* et batteries en béton armé des plages royannaises, vestiges du Mur de l'Atlantique voulu par l'occupant allemand lors de la Seconde Guerre mondiale, ont toujours suscité un sentiment de malaise chez les baigneurs et promeneurs. Ils semblent n'avoir rien d'autre à offrir que leurs masses aveugles et bancales s'enlisant toujours plus profondément dans le sable. On leur en a toujours voulu d'être aussi récents, de suinter sous un soleil éclatant, au milieu des corps dénudés et des parasols aux couleurs vives, les souvenirs de l'enfermement, la peur, l'ennui et l'épuisement. Parfois, un petit vacancier, un enfant comme nous l'avons été, s'immobilise, fasciné, devant l'un de ces blocs et fixe l'ouverture dans laquelle, à marée montante, des vagues s'engouffrent, tournoient et dégorgent en bouillonnant. Des adultes l'appellent, lui ordonnent de ne pas trop s'approcher. Mais qu'y a-t-il au fond de cette grande bouche sombre qu'il ne sache déjà ?

Quand la marée était basse et que les eaux de la Charente semblaient avoir été aspirées par l'estuaire, nous pouvions nous couler parmi les joncs au bas du fort. Mais l'exploration de son autre face semi-circulaire, tournée vers le fleuve, était rapidement interrompue : la peur de nous retrouver embourbés dans la vase nous faisait rebrousser chemin. Nous finissions alors par nous asseoir sur ce même merlon où j'ai pris place aujourd'hui, les jambes pendantes, le soleil cuisant nos épaules. Tout près de nos mains, la pierre tachée de lichen semblait parfois frémir : c'était un lézard qui avait soudain pris peur et s'esquivait. De part et d'autre du fort, mais également depuis l'autre rive, les pêcheries sur pilotis s'avançaient vers le lit du fleuve, leurs carrelets suspendus au-dessus de l'eau aux reflets laiteux. Parfois, aveuglés par le soleil, nous apercevions en contre-jour une silhouette sombre frappée d'étoiles se pencher pour relever ses filets.

Avec le temps, et au gré de nos visites, nous avons fini par faire du petit fort un château de conte de fées frappé d'endormissement dont les murs cachaient sans nul doute un trésor d'une valeur inestimable. Nous réfléchissions encore et toujours à la manière dont nous pourrions pénétrer à l'intérieur de l'enceinte.

— Il nous faudrait une corde et un grappin. Les murs ne sont pas si hauts, après tout!

Ou bien :

— On pourrait crocheter la serrure de la grande porte en bois. Il suffirait d'emprunter quelques outils chez la Nonna.

— Et venir à la nuit tombée…

Trente ans plus tôt, alors que le lieu était à l'abandon, les enfants de Valentino et Giacomina, ainsi que tous les gamins du coin, s'y rendaient eux aussi à vélo pour explorer ses différents bâtiments et ses escaliers croulants envahis par les mauvaises herbes. Sans aucune porte ni serrure à forcer.

Nous n'envisagions pas que la raison même de l'existence du fort Lupin tenait moins à ce qu'il renfermait qu'à ce qu'il défendait. L'arsenal de Rochefort, ville de notre naissance, ayant été créé en 1666 à quelques kilomètres en amont, sur la rive nord de la Charente, le petit fort faisait partie d'un ensemble plus vaste de forteresses littorales construites pour garder l'embouchure du fleuve en cas d'attaque ennemie. François Ferry, ingénieur directeur chargé des fortifications de l'Aunis et de Saintonge, fut tout d'abord chargé d'en dessiner les plans, qui furent ensuite soumis à Sébastien Le Prestre, marquis de Vauban. Ingénieur militaire, nommé commissaire général des fortifications par Louis XIV depuis 1678, soit cinq ans après la prise de Maëstricht durant laquelle il s'était particulièrement illustré, l'homme était devenu indispensable au Roi-Soleil. Je me souviens d'avoir été frappée par une gravure du marquis vue dans un livre d'histoire où il apparaissait vêtu en soldat, portant spalières et gorgerin : blessé à plusieurs reprises lors des très nombreux sièges qu'il avait menés, on pouvait discerner sur l'une de ses joues une cicatrice brune, grosse comme une pièce de monnaie qui paraissait trahir une maladie honteuse. Sous sa main, le graveur avait pris soin de glisser un plan de citadelle à la forme étoilée – sa spécialité.

En qualité de commissaire général des fortifications, Vauban avait la charge de concevoir, inspecter, entretenir et améliorer les places fortes du pays grâce à l'argent des impôts levés par le roi. Ce qui impliquait également de décider lesquelles de ces places étaient essentielles à la protection du royaume et d'ordonner la destruction de celles dont les dépenses d'entretien l'emportaient sur leur intérêt stratégique. Fidèle à son exigence de juste proportion entre la dépense et la défense, Vauban a vite compris que le projet de Ferry pour le fort Lupin était trop coûteux et dessiné à la place un plan plus modeste, adopté pour la construction finale. Celle-ci s'est déroulée entre 1685 et 1689, période pendant laquelle la France lutte contre la ligue d'Augsbourg, qui rassemblait presque toute l'Europe contre elle.

En 1689, après le sac du Palatinat, Guillaume d'Orange, devenu Guillaume III, roi d'Angleterre, a pris la tête de la coalition. À Versailles, la vaisselle et l'ensemble des meubles d'argent du roi sont fondus pour en faire de la monnaie. Vauban accélère la construction et la modernisation des citadelles, forts et batteries des côtes et des îles proches de l'embouchure de la Charente pour mieux protéger l'arsenal contre une possible attaque de la flotte anglaise. Les avant-postes de cette ligne de défense comprennent le fort Chapus et la citadelle d'Oléron dont les tirs de canons étaient destinés à se croiser, le fort Énet situé entre l'île d'Aix et la pointe de la Fumée, ainsi que ceux de l'île Madame, de Fouras, et de la Pointe – ce dernier étant également appelé fort Vasou, un nom qui a toujours sonné à nos oreilles comme une plaisanterie.

Construit face à la passe aux Bœufs de l'île Madame, en zone inondable, le fort Vasou semble avoir été condamné dès son édification à la malfaçon et à l'enlisement, sous le regard impassible des cygnes et des troupeaux de vaches qui peuplent les marais avoisinants. Jugé inutile sous le Premier Empire, il s'en est d'ailleurs fallu de peu qu'il ne soit rasé. Pour payer ses frais d'entretien, les propriétaires actuels tentent chaque année d'attirer les estivaux en transformant le terrain du fort en camping « mi-chic, mi-rustique », louant si nécessaire les toiles de tente et sacs de couchage aux curieux sans équipement. Je me souviens, à l'occasion d'une promenade dans les marais de Fouras, d'avoir aperçu depuis l'entrée du fort, où un mât dépourvu de drapeau pointait sévèrement vers le ciel, un petit groupe de ces visiteurs privilégiés. Alignés sur des chiliennes en bois, tournant le dos à la casemate, ils me faisaient étrangement penser à des bagnards encore tout étonnés d'être aussi bien soignés par leurs geôliers.

À un peu plus de deux kilomètres de fort Lupin, sur la même rive, la commune de Port-des-Barques fait face, d'un côté, à l'estuaire et, de l'autre, à l'île d'Oléron qui dessine comme un rempart contre l'océan. Même si la petite station balnéaire est facilement accessible en vélo, enfants, nous ne nous y rendions jamais seuls. En revanche, c'était une destination commune pour les promenades du dimanche, après avoir été invités à un copieux déjeuner chez la Nonna. À son approche, les champs bordés de fossés où se dispersent les troupeaux de vaches laissent place aux cabanes, aux bassins ostréicoles, puis aux pavillons dont les volets sont peints en bleu ou vert. Sur certaines des façades, des couples de mouettes en plâtre prennent leur envol, sur d'autres, des lettres en fer forgé annoncent « Mon repos », « Sourire d'avril », « Brise du soir » … Les jardins sont clos. On y aperçoit d'anciennes balançoires dont les cordes pendent jusqu'au sol. Parfois des casiers à huîtres vides s'entassent près des portails.

Je parviens à un terre-plein marquant une intersection au milieu de laquelle des buissons de tamaris et des lauriers roses blanchis par le sel et le sable se balancent sous le vent, puis tourne immédiatement à droite pour rejoindre le front de mer. Je me souviens qu'à partir de ce point précis, en hiver, mon frère et moi assis à l'arrière de la voiture commencions à observer l'apparition de promeneurs emmitouflés qui se dirigeaient vers les plages, les mains enfoncées dans les poches. La plupart des commerces étaient fermés et la croix de la pharmacie ne clignotait pas. En revanche, elle affichait la température extérieure, erronée : – 30 °C. Plus loin, jouxtant la supérette au rideau baissé et le salon de coiffure mixte, le restaurant de fruits de mer alignait ses grandes baies vitrées et fournissait une sorte de théâtre de poche dont j'étais la première spectatrice. À l'intérieur, des clients étaient encore attablés. C'était la fin du repas et des coupes de glace vides, des serviettes aux couleurs vives jonchaient les nappes. Certaines avaient glissé à terre. Dans un coin de la salle, on distinguait une serveuse coiffée d'une queue-de-cheval qui commençait à débarrasser. D'une table à l'autre, le dos à la salle, elle ramassait les verres, empilait les corbeilles de pain en traînant un peu les pieds. De jeunes enfants jouaient à l'écart, contre les vitres, tandis que, derrière eux, les adultes avaient reculé leurs chaises pour boire le café à leur aise. Un peu plus tard, ils traverseraient la route pour faire une promenade digestive sur la mince bande de sable située à l'autre bout du parking. Et les enfants demanderaient où étaient passés les manèges de l'été précédent.

À mesure que l'on s'avance vers l'estuaire, des villas plus cossues, construites au début des années cinquante, font leur apparition, légèrement en retrait de la route. Leurs parcs mêlent des pins maritimes aux troncs contournés, d'immenses yuccas et des palmiers solitaires. L'une d'entre elles accueillait des colonies de vacances à la fin des années soixante-dix : un été, Pascale ma mère et ma tante Maria, qui étaient camarades de lycée, y avaient travaillé comme personnel de cantine. Cette anecdote ne finissait pas de me rendre perplexe, car à la représentation de ma mère en très jeune fille venaient se juxtaposer des scènes où je l'imaginais en train de s'occuper d'autres enfants que nous. Ce même été, elle avait fait la connaissance de mon père.

Du côté des plages, en contrebas, la marée basse révèle des bosses de vase grise et soyeuse, semblables aux dos de gros animaux aquatiques assoupis au pied des carrelets. Çà et là, des îlots d'herbes drues, des petites mares d'eau limpide au fond desquelles s'enfouissent des paquets d'algues brunes forment un paysage éphémère qui s'étire jusqu'à la bouche du fleuve pour disparaître sous les flots bruns pressés par le ciel d'ardoise. Derrière le grillage recouvert de canisse, certains des *mobile homes* du camping sont occupés toute l'année. Avec mon frère, nous essayions de nous représenter la vie des gens qui y habitaient. La question du chauffage, en hiver, nous inquiétait. Les jours de tempête, le vent faisait-il trembler les murs de ces fausses maisons aux airs de jouets ? Et le sable venu tout droit de la plage, s'introduisait-il partout, jusque dans les draps ? Si les gens vivaient dans un camping toute l'année, où partaient-ils en vacances l'été ? Partaient-ils même en vacances ?

Au bout de l'avenue de l'Île-Madame, la route se divise en deux segments. Si l'on décide de s'engager à gauche, on gagne l'autre côté de la baie de Saint-Lancée où se trouve un lieu hybride qui rappelle par sa structure même les claires des élevages d'huîtres de la zone ostréicole : la « retenue d'eau ». Son nom lui-même dépourvu de toute intention poétique est purement descriptif de ce qu'il est : un bassin d'eau de mer séparé de l'océan par un amoncellement de rochers, qui se renouvelle naturellement au gré des marées. Il ne nous viendrait jamais à l'esprit de prendre la « retenue » pour une véritable plage. Adossée à un talus, la bande de sable disposée en crique, disponible pour accueillir les baigneurs, est mince, jonchée de varech desséché où nichent des puces de sable, entremêlée de restes de crabes et de débris de plastique colorés.

Certains après-midi d'été, quand nous n'étions pas en vacances avec nos parents ou chez nos autres grands-parents sur les bords de la Méditerranée, nous y rejoignions nos tantes, oncles et cousins paternels. À notre arrivée, nous reconnaissions, appuyés contre les rochers, les vieux vélos de la remise que nous utilisions pour parcourir les marais. Ils étaient propres, les selles et les guidons avaient été rehaussés, les pneus gonflés. Notre famille préférait nager directement dans la mer plutôt que dans la retenue et s'installait toujours un peu à l'écart, du côté des pêcheries. Là, sur les rochers plats amassés de part et d'autre de la jetée cimentée, chacun étendait sa vieille serviette en éponge aux coins effilochés. Il y avait quelques hochements de tête de la part des adultes : des saluts destinés aux anciens camarades de classe ou connaissances du village assis du côté de la retenue. On nous répétait que le lieu avait peu changé depuis les années soixante. Nous étions tout disposés à le croire. Face aux vastes plages de sable fin, aux rouleaux et aux forêts de pins de la Côte sauvage, la retenue souffrait cruellement de la comparaison. On allait à l'eau comme on se rendait au combat, en se râpant la plante des pieds sur les bernacles accrochées au ciment de la jetée.

Celle-ci se terminant abruptement, on se coulait alors dans une eau opaque à la surface de laquelle flottaient des paquets d'algues. Elle suscitait une méfiance instinctive. Après quelques pas, nos pieds entraient en contact avec la vase qui s'immisçait entre nos doigts tout en nous arrachant des exclamations de dégoût. Parfois, notre pouce se posait sur l'arête vive d'une coquille d'huître. Les adultes nous répétaient alors à l'envi que l'eau de mer était un excellent désinfectant, le meilleur remède contre les entailles.

Mais si, au lieu de se rendre à la « retenue d'eau », on décide, au bout de l'avenue de l'Île-Madame, d'engager la voiture sur le chemin de droite, on aboutit alors au parking qui longe le sanctuaire des prêtres déportés et qui est relié à la petite île par un chemin de sable et de pierres appelé la passe aux Bœufs. Ce dernier apparaît uniquement à marée basse. En toutes saisons, il est parcouru par des marcheurs, mais aussi quelques véhicules qui, hormis les camionnettes des ostréiculteurs de l'île habitués aux soubresauts et peu soucieux d'abîmer leurs essieux, roulent au pas.

C'est sur ce parking que nos parents garaient la voiture la plupart du temps. À l'arrière, avant même que le moteur fût éteint, mon frère et moi avions déjà détaché nos ceintures. À travers les vitres, nous apercevions d'autres enfants perchés sur les rochers qui surplombent la minuscule plage en contrebas. Le grand jeu était, tournés vers la passe, d'écarter ses bras de chaque côté du corps et, penchés vers l'avant, les cheveux dans les yeux, de lutter contre le vent en hurlant à pleins poumons. Sans les quitter des yeux, obéissant à notre mère, nous remontions la fermeture éclair de nos blousons jusque sous nos mentons. À peine avions-nous ouvert les portières de la voiture que nous nous précipitions à notre tour vers les rochers en riant à l'avance de nos visages déformés par les bourrasques.

Pourquoi finissions-nous toujours par franchir l'enceinte du sanctuaire ? Pourquoi, plutôt que d'emprunter l'entrée principale, flanquée de deux énormes tamaris au feuillage plumeux, préférions-nous nous couler à travers ce trou dans le mur éboulé ? Devant nous s'étendait une vaste esplanade à l'herbe rase dont le pourtour était planté de pins parasols et de figuiers, et au bout de laquelle se trouvait un autel protégé par une voûte en béton. Au centre de celle-ci, suspendue à des filins d'acier, une grande croix blanche s'inclinait. Habitués, depuis l'ordination de notre oncle Michel, à considérer les églises au même titre que les presbytères, c'est-à-dire plus comme des lieux d'habitation que des lieux sacrés, nous gravissions tout naturellement les marches, commencions à nous poursuivre avant de nous interrompre, tout à coup intimidés par l'écho de nos propres pas. Des visiteurs présents sur le site nous observaient, visiblement outrés, cherchant nos parents du regard. Ceux-ci nous rappelaient à leurs côtés : ce n'était pas un endroit pour chahuter ! Sur la plage, nous pourrions courir autant que nous le voudrions. En redescendant les marches, nous faisions une dernière fois résonner le béton sous nos pieds, sans même le faire exprès.

Mais, avant de quitter le sanctuaire, nous n'oubliions jamais d'inspecter l'autre partie du site, généralement ignorée des autres visiteurs. Il s'agissait d'une petite butte envahie par les ronces et les mauvaises herbes où se dressaient une haute colonne de pierre coiffée d'une croix et ornée d'un rameau d'olivier, ainsi que deux socles de statue vides, dissimulant à l'arrière, placée perpendiculairement au mur de l'enceinte, une tombe tachée de lichen noir. Des inscriptions étaient gravées dans la pierre. Je tentais de les déchiffrer ; je m'interrogeais. Les rares adultes qui s'aventuraient au sommet de cette butte en savaient-ils plus que nous ? Lorsque l'un d'eux se penchait au-dessus de la tombe, les mains croisées derrière le dos, je ne percevais rien dans son regard que je puisse envier. Aucune histoire à raconter.

Plusieurs fois dans l'année, la commune de Port-des-Barques organisait le débroussaillage du site. En une matinée, des employés des espaces verts, vêtus de combinaisons, munis de tondeuses portatives et de coupe-haie, nettoyaient le terrain. Le dimanche suivant, nous découvrions la transformation du talus après leur passage : les socles vides des statues débarrassés du lierre avaient des airs de gros cubes inutiles, la tombe nue, fichée dans le sol, ressemblait à l'entrée d'un puits condamné, et sous leurs airs de trognons inoffensifs, les racines des ronces revigorées par la tonte dardaient déjà leurs nouvelles épines. Déçus, presque honteux, nous ne savions plus où poser les yeux.

Le sanctuaire – nous ne l'avons jamais désigné sous ce nom – est un site dédié à la mémoire des prêtres ayant refusé de signer la Constitution civile de 1790 et qui ont été condamnés pour cela à la déportation en Guyane par le tribunal de la Terreur. L'histoire de ces prêtres n'est pas de celles que nous avons apprises à l'école. Nos instituteurs nous ont enseigné que cette Révolution nous a libérés de la monarchie, de ses guerres de conquête, des caprices de Marie-Antoinette et de l'inertie de Louis XVI, sans oublier les intrigues de la cour, et que nous lui devons, enfin, la Déclaration universelle des droits de l'homme et du citoyen. Un samedi après-midi, au lieu de la kermesse de fin d'année habituelle, nous avons participé à la fête du bicentenaire de la Révolution, coiffés de bonnets phrygiens confectionnés dans du papier crépon, rejouant la prise de la Bastille dans la cour de l'école devant un public de parents d'élèves déjà conquis. Bien sûr, il a été question de la guillotine qui décapitait les ennemis du peuple : elle nous a été présentée comme un outil terrible qui a tragiquement participé à la marche du progrès. J'étais fascinée par cette machine, son implacable efficacité et les reproductions des dessins d'époque montrant les têtes d'aristocrates, hommes et femmes, tranchées net, brandies vers la foule amassée au bas des estrades de fortune. Mon regard était immanquablement attiré par la corbeille placée de l'autre côté de la lame, souvent à l'arrière-plan de l'image, où les têtes s'amoncelaient, formant une pyramide digne des meilleurs maraîchers. Des religieux, finalement, il était peu question, si ce n'était, le plus souvent, à travers cette caricature d'époque bien connue des manuels d'histoire montrant un représentant du clergé, gras et satisfait, accompagné d'un noble coiffé de plumes et richement habillé de brocard, tous deux chevauchant un paysan harassé et décharné, symbole d'un tiers-État toujours plus abattu sous les privilèges des odieux profiteurs. La messe était dite.

Or, si une partie de ces prêtres réfractaires s'est exilée en Espagne, au Portugal et en Angleterre après la Révolution, d'autres ont choisi la résistance et sont devenus des agents actifs de la contre-révolution. En mars 1793, alors qu'à peu près au même moment, suite à la déclaration de guerre contre l'Autriche survenue l'année précédente, des navires anglais et espagnols patrouillent le long des côtes de la Charente-Inférieure, le directoire du département, craignant le péril intérieur représenté par les Vendéens et les sympathisants des Girondins, annonce venir la fin du « temps de l'indulgence et des ménagements » : il ordonne par conséquent l'arrestation des prêtres réfractaires ainsi que des parents mâles d'émigrés. Tous sont accusés d'intelligence criminelle, d'entretenir des correspondances secrètes qui propagent le fanatisme sur le sol français et dressent le peuple contre ses devoirs de citoyen.

Deux députés représentants du nouveau gouvernement « révolutionnaire jusqu'à la paix », Joseph François Laignelot et Marie Joseph Lequinio, sont nommés pour organiser la Terreur dans le département. À partir d'octobre 1793, ils installent un tribunal révolutionnaire et une guillotine sur la place principale de la ville de Rochefort. Cette même place où, près de deux siècles plus tard, le blond Maxence des *Demoiselles de Rochefort*, ménestrel en tenue de matelot, s'assiéra au café pour chanter les louanges de la jeune fille de ses rêves sous les regards attendris de serveuses semblant tout droit sorties d'un défilé Courrèges. Sur cent quatre-vingt-trois prévenus, cinquante-deux y sont guillotinés, parmi lesquels des rebelles vendéens, des officiers de la Royale, des accusés politiques qui regroupent des prêtres réfractaires, parents d'émigrés et partisans des Girondins. Le bourreau de Rochefort, un certain Ance, est un amateur, mais un amateur zélé qui aurait patriotiquement offert ses services pour mener à bien cette mission d'exécuteur au nom de la Révolution. En plus de son salaire, il se voit décerner un titre et un nouveau nom, « Vengeur », tandis que la guillotine, elle, est baptisée « Justice du peuple ».

Au milieu de l'année 1794, le tribunal exceptionnel de Rochefort est dénoncé pour ses excès et, lorsque le député Laignelot est muté à Brest pour *révolutionner la Bretagne*, le bourreau « Vengeur » le suit. Mais, dès février 1794, la Charente-Inférieure est devenue le lieu de détention et de départ des prêtres réfractaires venus de toute la France pour être expédiés vers la Guyane. On les fait embarquer sur des bateaux négriers – les *Deux Associés* et le *Washington*, ancrés en rade de l'île d'Aix – qui servent de pontons. Les prisonniers y sont bientôt rongés par la vermine et le typhus. En juin 1794, l'épidémie de scorbut empêche définitivement les navires de partir pour la Guyane. Les religieux sont alors regroupés dans des chaloupes qui servent d'hôpitaux, et certains sont débarqués sur l'île Madame, où les morts sont enterrés au fur et à mesure.

Un été, mon père et moi avons fait le tour de l'île Madame à pied en empruntant le chemin côtier réservé aux promeneurs et aux cyclistes. Les voitures peuvent circuler à l'intérieur de l'île, mais dans un périmètre très restreint, dessiné par une unique route goudronnée qui dessert, au nord, la ferme aquacole et le camping ouvert six mois dans l'année. À peine franchie la passe aux Bœufs, à l'entrée de l'île, une Vierge Marie peinte, reine des martyrs, tend les mains aux visiteurs depuis son alcôve blanchie à la chaux. À ses pieds, l'autel est recouvert de bougies, galets, jouets d'enfants et messages scellés par des rubans colorés. En contournant la statue de la Vierge, on trouve un champ cerné de haies au centre duquel un amoncellement de galets blancs dessine au sol une gigantesque croix : le mémorial dédié aux prêtres réfractaires.

Nous avions décidé de suivre la côte ouest. Parvenus à la hauteur du camping, mon père m'avait précisé que mon grand-père, dans les années soixante, avait réalisé seul tous les travaux de maçonnerie du lieu, ainsi qu'une petite écluse auprès de laquelle nous avons fait une halte pour nous rafraîchir. Lorsque, étonnée, je demandai à mon père comment Valentino avait pu mener à bien tous ces ouvrages alors qu'il n'avait jamais cessé de travailler pour son patron de Mourière, mon père avait eu cette simple réponse :

— C'était ce même patron qui possédait les terres de l'île…

Des buissons d'aubépine plantés le long des fossés mêlaient leur parfum velouté à l'air brûlant chargé de sel qui montait depuis la mince bande de sable en contrebas du chemin pédestre. Des cyclistes y étaient descendus pour prendre des photographies, appuyés contre les pilotis des pontons qui menaient aux pêcheries. Mon père m'avait expliqué que l'écluse était chargée de contrôler l'irrigation des marais salants au fil des marées. Valentino aurait d'ailleurs failli s'y noyer un jour où il était tombé dans l'un des fossés et que l'eau s'était engouffrée dans ses bottes, le clouant sur place. Nous avons continué notre chemin vers le nord, longé les falaises de calcaire où la supposée « maison d'un député » – dont personne ne connaît l'identité – se tient dans la courbe du chemin, son jardin dissimulé derrière de hautes palissades, puis rejoint la route du fort situé sur la côte est de l'île face au continent. À la sortie d'un couloir naturel formé par les branches entremêlées des chèvrefeuilles et des mûriers sauvages se tenait un ensemble de casemates appartenant au fort de l'île, lui-même tourné vers le fort Vauban de Fouras. Postée de l'autre côté du grillage qui en défendait l'accès (nous étions arrivés après les heures d'ouverture au public), j'ai observé combien son aspect était différent de celui de Lupin : massif, dépourvu de la grâce campagnarde de ce dernier, il avait tout bonnement l'air d'une prison. (Plus tard, j'apprendrais que ce fort avait en effet accueilli des détenus : insurgés durant la période de la Commune, puis soldats déserteurs et mutilés volontaires de la Première Guerre mondiale). Mon père m'a tirée de mes réflexions en pointant du doigt le ruban blanc de la passe aux Bœufs :

— On ferait mieux de se hâter. La marée est de nouveau montante.

Cette crainte mêlée de respect, toujours la même, répétée depuis l'enfance : *et si jamais nous restions prisonniers de l'île* ?

À mesure que je m'approche du sanctuaire, je note que, malgré la haute saison, l'animation est assez inhabituelle dans la petite station balnéaire. Des gendarmes suant dans leurs uniformes commencent à apparaître sur le bord de la route. Plus loin, au carrefour du camping municipal, des panneaux et des barrières de sécurité indiquent que la circulation est interrompue. Je suis les instructions de la déviation et parviens à garer la voiture une centaine de mètres plus loin sur un parking improvisé dans un champ au sol bosselé qui jouxte les baraques ostréicoles. Le parfum des pins et des coquilles d'huître me prend au nez. Il ne manque plus que les effluves d'ambre solaire.

Je laisse le champ derrière moi et reviens vers l'avenue de l'Île-Madame, intriguée par ce qui peut bien avoir occasionné la fermeture des routes et la présence des gendarmes et de leurs fourgons. Sans le vouloir, je me retrouve mêlée à des petits groupes de personnes dont certaines sont équipées de solides chaussures de randonnée ou bien transportent des chaises de camping pliantes. Nous marchons au milieu de la route vide de voitures. Des enfants en profitent pour faire rebondir leurs ballons de plage sur le bitume brûlant. À l'approche du site, le son d'une voix amplifiée par un micro se fait entendre de plus en plus distinctement. Je pense à une fête foraine, une animation municipale organisée pour les vacanciers. Mais après avoir longé le grillage du camping, je découvre soudain le sanctuaire tel que je ne l'ai jamais vu : le vaste espace qui se tient devant la chapelle ouverte est recouvert de centaines de chaises sur lesquelles des spectateurs ont pris place, tentant tant bien que mal de se protéger du soleil. Réfugiés à l'ombre des pins, certains sont assis sur des serviettes de plage étalées au sol ; d'autres, parmi lesquels des religieuses en habits gris, sont appuyés contre le muret de l'enceinte. Postés à l'extérieur, des curieux observent la scène : des familles, des promeneurs solitaires, des motards vêtus de blousons de cuir sans manches, tenant leurs casques sous le bras. Face à ce public qui cligne des yeux et sue abondamment se tient un prêtre appuyé à un pupitre auquel est fixé un micro. De temps à autre, il fait un geste vers sa gauche pour désigner d'autres religieux d'âges et d'origines divers, dont les têtes sont légèrement inclinées et les mains jointes sur leur ventre. Visiblement, ils attendent leur tour pour prendre la parole. Accrochées aux murs de béton, dans leur dos, des peintures d'un genre naïf montrent des groupes de prisonniers enchaînés menés vers des navires ou bien couchés au fond de cales sombres, faisant le signe de prière. Pour qui ne connaît pas l'histoire des prêtres réfractaires embarqués sur les *Deux Associés* et le *Washington*, on pourrait croire à une illustration libre de Jonas et la baleine couplée à un épisode de l'arche de Noé.

Je contourne le sanctuaire à la recherche de la brèche qui me permettra d'accéder directement à la petite butte de mon enfance. Là, également, des spectateurs se sont installés à même le sol. Une jeune mère assise en tailleur, sa robe étalée autour d'elle, tente d'écouter la messe tout en divertissant son bébé. Tandis que les autres intervenants se succèdent derrière le micro pour se présenter (j'entends mentionner le Togo, le Vietnam, le Brésil...), je retrouve la tombe que nous pensions secrète. Les socles qui la dissimulent ne sont plus vides : des statues tout juste sorties des ateliers de sculpture, d'une couleur rappelant le beurre frais, représentant vraisemblablement saint Pierre et Moïse, y ont été installées et surplombent à présent les spectateurs regroupés en contrebas. Le moment est venu pour l'officiant de remercier le camping pour l'acoustique, sans omettre de préciser que des sandwiches et boissons y sont proposés à la vente. Clou de la célébration : la procession peut débuter. Brandissant une croix en bois à l'avant du cortège, les religieux et représentants officiels de l'Église coiffés de chapeaux blancs de type panama, parmi lesquels un évêque, très droit, escorté de deux aides tenant du bout des doigts les extrémités de son étole rouge, descendent parmi les fidèles. Comme dans un ballet, ces derniers se lèvent au fur et à mesure et viennent se ranger derrière eux, grossissant le cortège qui prend bientôt la direction de la passe aux Bœufs. Pendant quelques instants, je l'observe s'étirer jusqu'à la plage. À l'entrée de la baie, le vent plaque les chasubles contre les jambes des prêtres, dévoile leurs chaussures de sport. Les mains agrippent les chapeaux. Une journaliste munie d'une caméra titube sur les galets de la passe pour prendre de l'avance sur la procession.

Je baisse les yeux vers la tombe. L'inscription, jadis illisible, a été remplacée par une plaque vissée dans la pierre à la mémoire du chanoine qui, le premier, a œuvré à la béatification des prêtres réfractaires. Ainsi, tout est net, propre, bien organisé.

En redescendant de la petite butte, je croise la mère portant son bébé à cheval sur sa hanche dont les petites jambes nues s'agitent dans le vide. Une couche propre à la main, elle est à la recherche d'un endroit discret pour le changer.

Voulais-je vraiment en arriver là ? Je n'ai pas l'impression d'avoir prémédité cette visite comme point d'achèvement de mon périple. Pourtant, en revenant de Port-des-Barques, au lieu de retraverser le village de Saint-Nazaire pour filer directement vers Soubise, je prends la direction de l'église. À sa suite, dans un dénivelé qui aboutit à un cul-de-sac clos par un mur de pierres, se trouve le cimetière. Au-delà s'étendent les champs qui bordent la route communale et qui, à une centaine de mètres de la sortie du village, font face à la maison du Péré. Les blés étant coupés, j'aperçois, de là où je me trouve, la façade de la grange. Cette proximité, soudain, me frappe. Enfant, je disposais d'une carte mentale pour me représenter la position de la maison et de ses environs. Ne pouvant les embrasser d'un seul regard, j'exagérais la dimension de certaines zones, en rétrécissais d'autres, en oubliais certaines. Une chose était sûre : si le Péré et le village étaient juxtaposés, leurs frontières communes, elles, se perdaient dans les damiers des champs et des fossés qui cernaient la maison.

Sur le flanc gauche du cul-de-sac, un petit terrain clos rectangulaire appartenant à l'une des maisons du village laisse entrevoir des plants de tomates, des buissons d'aubépine dont les fleurs blanches révulsées se mêlent à celles, vermillon ou saumon, des rosiers anciens, des arbres fruitiers aux troncs gris tachés de mousse verte. Parmi eux, des poiriers couchent leurs fruits renflés sur la pierre chaude du muret. Une silhouette, de dos, installe des tuteurs, les pieds pris dans les anneaux d'un tuyau d'arrosage abandonné dans l'herbe.

Sur le flanc droit, jouxtant l'enceinte du cimetière, une petite construction de pierres ressemblant à une échauguette se dresse de quelques mètres à peine au-dessus du sol. Intriguée, je la contourne, pour découvrir, sur son autre face, une volée de marches à demi dissimulées dans les herbes menant vers une grille de fer d'où s'échappe le bruit discret d'un ruissellement. Par cette chaleur, il possède quelque chose de rassurant et provoque un sentiment de gratitude légèrement païen. Lorsque je descends l'escalier et m'approche davantage de la grille tapissée de mousse, je sens une fraîcheur humide monter le long de mes mollets et parviens à distinguer dans l'obscurité un petit bassin à la surface duquel flottent les têtes échevelées de plantes aquatiques d'un vert presque fluorescent. Une source. Sans doute celle qui alimentait la vieille pompe à eau que nous utilisions pour remplir l'arrosoir du cimetière lors de nos visites avec la Nonna. Je remonte les quelques marches et souris : le cimetière, la source, le jardin avec ses fruits, ses fleurs et ses légumes à seulement quelques pas des sépultures, et puis les champs au-delà, dans une même continuité… Je pense aux premières pages de *La Fortune des Rougon* de Zola et à sa description de l'ancien cimetière de Plassans dont la terre grasse de pourriture humaine produit de vigoureux poiriers aux fruits magnifiques. Personne n'en veut dans la bonne ville, excepté les garnements qui escaladent son mur pour se régaler.

Je pousse le petit portail du cimetière et reconnais bien le lieu de mon enfance, à la différence près qu'aujourd'hui il m'apparaît très distinctement composé de deux parties inégales disposées en espalier. Accolée au flanc de l'église, la plus ancienne, qui doit correspondre au cimetière d'origine, est également de taille plus modeste. Elle est occupée par des tombes de pierres grises, pour la plupart abandonnées, recouvertes de lichen noir, dont les dalles sont souvent fendues, les croix à moitié écroulées. Des grilles jadis ouvragées, aujourd'hui rongées par la rouille, ne gardent plus que des lopins de terre sèche parsemés de touffes d'herbes sauvages. Quelques caveaux de famille en forme de chapelle se dressent à la limite entre cette partie historique du terrain et l'autre, plus récente, vers laquelle il faut descendre en suivant l'inclinaison naturelle du sol. À l'intérieur, leur regard humblement dirigé vers le sol, des anges aux ailes repliées gardent des autels poussiéreux. Dans cette section, les tombes sont plus récentes et le granit (moins coûteux que le marbre ou la pierre) domine. Dans l'un des angles du terrain, proche du portail d'entrée, se trouvent un columbarium et un « jardin du souvenir » planté de buis et parsemé de graviers blancs, vaguement entretenu.

Je m'avance dans les allées, jetant des regards à droite et à gauche, à la recherche de ce qui n'est plus seulement la tombe de mon grand-père mais celle de mes deux grands-parents réunis. Je croise des sépultures jumelles simplement recouvertes de graviers sur lesquelles des plaques identiques ont été fixées :

ICI REPOSE
UN SOLDAT HOLLANDAIS PÉRI EN MER
11 AOÛT 1943

Un peu plus loin, un nom figurant sur une tombe fleurie relativement récente attire mon regard : celui du boulanger-pâtissier qui faisait sa tournée en camionnette autour du village et auprès de qui la Nonna achetait son pain et les gâteaux du mercredi. Il sourit dans son médaillon. Je ne me souvenais pas qu'il portait une moustache. À vrai dire, je ne me souvenais même pas de son visage.

Tout à coup, je m'aperçois, dans l'une des allées parallèles, de la présence de deux femmes que je n'avais pas remarquées jusqu'à présent. Assise sur une petite chaise pliante positionnée face à l'une des tombes, les épaules affaissées et les mains jointes sur ses cuisses, la plus âgée observe les gestes de l'autre qui pourrait être sa fille ou bien sa petite-fille. Vêtue d'un short en jean effrangé, un genou appuyé sur la dalle, cette dernière s'active, arrosant les plantes, chassant la poussière avec une balayette, redisposant les pots de fleurs. Comme elles discutent à voix basse, je saisis seulement dans les intonations interrogatives lancées par la plus jeune autant de tentatives de susciter chez son interlocutrice un intérêt, une réaction – n'importe quoi qu'elle puisse soustraire à la tristesse et la résignation.

Mes pas m'ont menée au bout du cimetière et je n'ai toujours pas trouvé la tombe de Valentino et Giacomina. Je rebrousse donc chemin, prête à parcourir les allées une seconde fois. Consciente qu'au bout d'un moment, même sans spectateur, mon errance pourrait tourner au ridicule, je commence à me demander si je ne devrais pas téléphoner à mon père pour qu'il me guide à distance vers le bon emplacement. Pendant ce temps, les deux visiteuses ont rassemblé leurs affaires. Elles se dirigent maintenant vers la sortie du cimetière, la plus jeune devant (ses clefs de voiture tournoient au bout de ses doigts), la plus âgée, quelques pas derrière elle, marchant de guingois, sa chaise de camping pliée sous le bras. Il est vrai que la chaleur devient insupportable. Je regrette de ne pas avoir pensé à prendre un chapeau.

Quelques pas, encore. Disposée sur une dalle grise, au beau milieu d'autres décorations en céramique, une corbeille de fruits artificiels autour de laquelle ont été répartis d'autres fruits en plastique (citrons, pommes, oranges…) m'intrigue. Je lis le nom de la personne décédée (une femme, 1948-2011), tente de comprendre la raison de cet hommage codé, n'y parviens pas, quand, finalement, déplaçant mon regard vers la tombe voisine, je reconnais, fixés sur une stèle de granit rose mouchetée de noir, les visages de mes grands-parents. Abrité par une sorte de petit auvent, un premier volet découvre leurs portraits en noir et blanc enfermés dans des médaillons de porcelaine – celui de Valentino, cerclé du liseré que je lui connais depuis l'enfance et par lequel j'ai appris à reconnaître son visage, et celui de

Giacomina, d'une taille légèrement supérieure et plus récent. Il fait face à un second volet sur lequel sont inscrits leurs prénoms, noms, dates de naissance et de décès en lettres d'or. Un christ en croix également fixé à la stèle disparaît sous un bouquet d'edelweiss artificiels. À l'exception d'une corbeille soigneusement rangée sur le côté d'où émerge une petite botte de campanules bleutées, elles-mêmes en plastique, la dalle de granit est propre et vide.

Mes grands-parents se ressemblent étrangement sur ces portraits. Cela tient sans doute à leurs poses et à leurs lunettes à fines montures, presque identiques, mais également au fait que la Nonna porte les cheveux courts, elle qui les a toujours eus longs. À une exception près. Lorsque j'étais adolescente, elle m'avait demandé, un jour, de les lui raccourcir d'un ou deux centimètres, juste pour les fortifier. Je m'étais exécutée et devant le résultat désastreux (que seule je pouvais voir, me tenant dans son dos, ses lourds ciseaux de couture à la main), j'avais réitéré l'opération pour tenter d'égaliser la coupe. Nouvelle catastrophe. Comme pour l'œuf en plâtre rapporté par erreur du poulailler, elle ne m'avait jamais demandé de recommencer. La photographie du médaillon doit dater des dernières années de sa vie : à cause de ses rhumatismes, elle ne pouvait plus lever les bras pour torsader ses cheveux. La décision avait alors été prise de les lui couper court. Je me souviens que cela m'avait attristée de voir ma grand-mère ainsi privée de sa chevelure. Quand, petite, je l'observais se coiffer, je ne sentais de sa part aucune coquetterie particulière, ni même aucun plaisir si ce n'était la simple satisfaction de faire place nette, ne pas être gênée dans ses tâches quotidiennes. Pourtant, la présence de ces cheveux longs et ces gestes qui consistaient à enrouler ses mèches sur les tempes et la nuque pour ensuite les piquer à l'aide d'épingles et de peignes disposés à l'avance sur la tablette devant elle recelaient pour moi quelque chose qui était à la fois de l'ordre du possible et peut-être même du secret.

Je reste immobile devant la tombe. Que dire ? Que faire ? Je me pose ces questions comme si je devais me montrer bien élevée, avoir le comportement approprié. Aurais-je peur de choquer ou bien de froisser quelqu'un ? Lorsque nous accompagnions la Nonna dans ce cimetière, nous avions tout le loisir de le parcourir pendant qu'elle se livrait à ses propres rituels. Tout juste nous demandait-elle de nous signer devant la photo du Nonno – ce que nous faisions très approximativement, confondant sûrement le

Fils avec le Saint-Esprit avant de nous laisser filer entre les tombes.

Mes yeux se détachent des photographies de mes grands-parents, errent sur les stèles, se perdent vers l'extrémité du terrain où un rectangle d'herbes folles et de coquelicots a été laissé à l'abandon, créant une tache d'un vert tendre mouchetée de rouge qui semble prêter un peu de sa fraîcheur aux vieilles pierres qui le bordent. Depuis la parcelle où s'active le jardinier solitaire se font entendre les notes d'une ritournelle diffusée par une radio invisible. Vive et candide, elle me rappelle tout à coup cette comptine des montagnes italiennes que la Nonna me chantait lorsque j'étais petite : il était question de la fonte des neiges, de l'annonce du printemps par l'oiseau coucou qui pouvait à nouveau faire son nid. *L'inverno se n'è andato, l'aprile non c'è più, è ritornato maggio…* Je raffolais du refrain en particulier qui imitait, dans toute sa naïveté bondissante, le chant du coucou. Je le chantais dans un italien approximatif, persuadée qu'il me suffisait de rouler les « r » et de prononcer les « u » comme des « ou », à la manière de la Nonna, pour parler sa langue.

Dans mon dos, sans crier gare, la mélodie vient de sauter le mur du cimetière : je l'entends qui se coule dans les allées comme si elle était chez elle. *Lassù per le montagne, la neve non c'è più...* Elle se perche sur mon épaule, s'élance sur la tombe de Valentino et Giacomina, s'y attarde un instant, semblant goûter la surface inflexible du granit comme un matériau de choix, avant de rebondir sur toutes les autres tombes à tour de rôle et sans distinction : celles des travailleurs des champs et des fermiers opulents, des quasi-centenaires et des soldats anonymes, des lignées éteintes et des jeunes gens prometteurs, des étrangers bâtisseurs et de leurs descendants. Une dernière impulsion et la voici parvenue au bout du terrain dont elle franchit à nouveau l'enceinte. Soulevant des nuages de terre sèche, elle court les champs en direction de l'océan, et, sur son passage, les lieux de l'enfance s'offrent au grand midi.

Table

Remerciements

Mes plus vifs remerciements à l'équipe des éditions du Rocher et en particulier à Arnaud Le Guern pour sa bienveillance et son soutien hors pair ; à Clémence Brès pour sa disponibilité et sa franchise. Et enfin à David di Nota, mon éternel premier lecteur.

IMPRIM'VERT®

Achevé d'imprimer par CPI,
en novembre 2022
N° d'imprimeur : 2068407

Dépôt légal : janvier 2023

Imprimé en France